우리에게 허락된 특별한 시간의 끝

알마 인코그니타 Alma Incognita

알마 인코그니타는 문학을 매개로,
미지의 세계를 향해 특별한 모험을 떠납니다.

우리에게 허락된 특별한 시간의 끝

わたしたちに許された特別な時間の終わり

오카다 도시키 지음·이홍이 옮김·이상홍 그림

차례

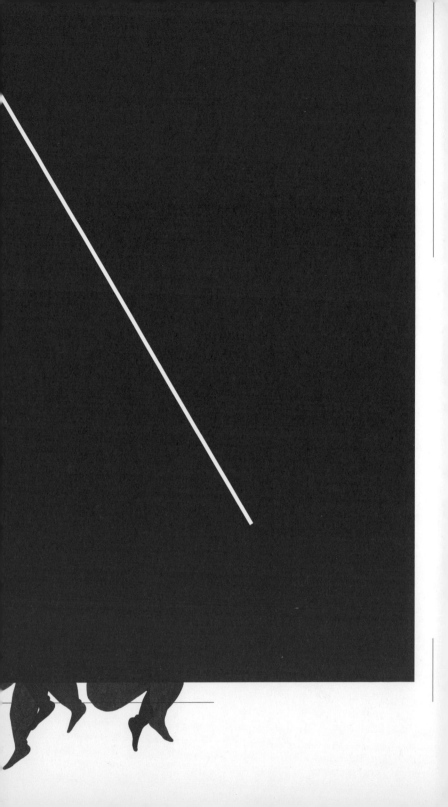

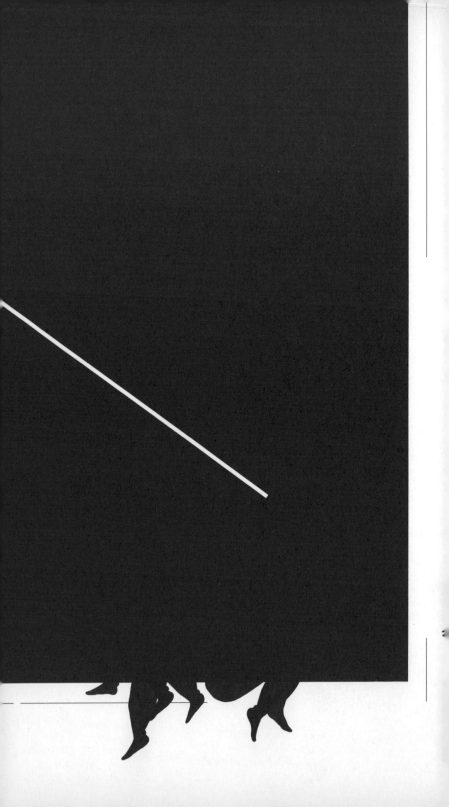

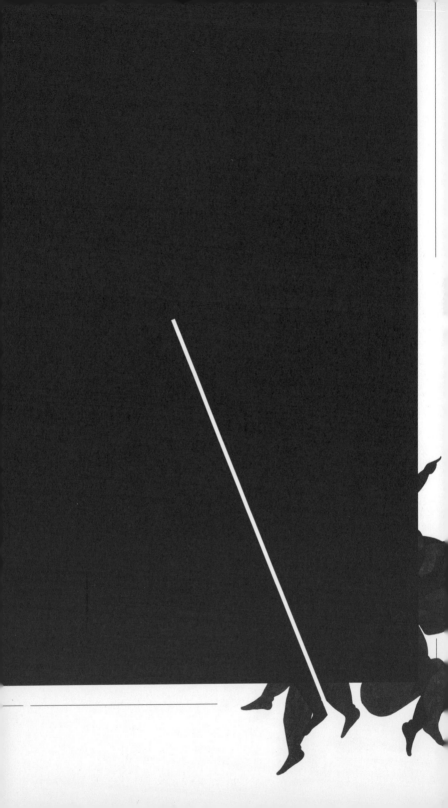

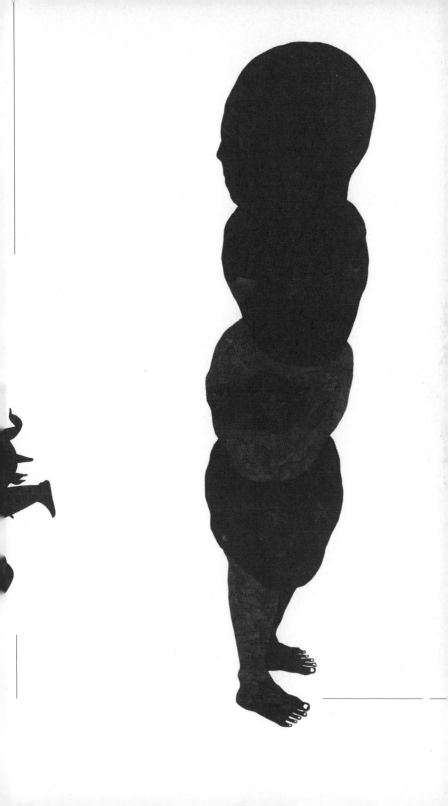

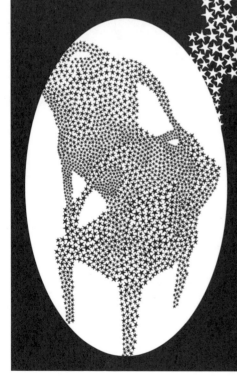

삼월의 5일간

\

三月の5日間

5일간의 시부야

분명 아는 곳이지만 잘 모르는 거리

2003년 3월은 아직 롯폰기 힐즈가 문을 열지 않았을 때라, 그들은 롯폰기六本木역에서 니시아자부西麻布 방향으로 난 완만한 비탈길을 통해 라이브하우스로 향했다. 슈퍼딜럭스라는 이름의 라이브하우스는 리히브하우스 그 길의 왼쪽 보도를 따라 그저 걷다보면 나오는 곳이었다. 그들은 여섯 명이 한 무리를 만들어 쉬지 않고 떠들며 걷고 있었는데, 큰 소리로 싸우는 듯한 대화는 그들이 타고 온 히비야日比谷선에서부터 시작된 것이었다. 주위의 조용한 승객들 귀에는, 싫어도 별 수 없이 그 소리가 들렸다. 하지만 그들 중 대부분은 불쾌해 하기보다는, 단순히 어떻게 해야 할지 모르는 것 같았다. 그렇게 그들은 곤란한 상황에 시간과 귀중한 고독을 얌전히 박탈당한 채로 있었다. 여섯 남자들은 지하철 맨 끝

차량에 진을 치고 있었고, 그 차량에서 꼬리 부분에 해당하는 벽
즉 차장이 있는 부스와의 가름막 같은 역할을 하는 벽에 등을
기대거나, 그 벽에 바닥과 평행되게 달려 있는 손잡이에 자신의
척추를 문지르듯 가져다대며, 소리를 지르거나 그 지르는 소리를
듣고 있었다. 그들의 쩌렁쩌렁한 목소리는 차량 밖에서 조금 떨어
져 에워싸듯 울리는, 지하철이 달리면서 내는 삐걱거리는 소리를
더욱 더 멀게 느껴지게 만들려는 것 같았다.
단, 그렇게 생각할라치면 그런 것 같다는 사람이 딱히 있는 건 아
니었다. 같은 칸에 함께 있던 승객의 일부는, 그들을 단순히 본
다기보다 관찰하고 있었다. 어떤 사람은 전화 속 화면이
나 광고에 집중하면서 그랬고, 어떤 사람은 그냥, 그러나 집요하
게 그들의 발끝에 시선을 내리꽂고 있었다. 다들 얌전
했다. 누군가는 저놈들 어차피 롯폰기에서 내릴 테니 그때까지
참으면 되겠지, 하고 생각하고 있었다. 그 생각은 맞았다. 여섯 명
다 꽤 취해 있었지만, 열차가 롯폰기에 도착하자 그 사실을 일제
히, 전체가 연동하듯 깨달았다. 그들은 자연의 흐름에 몸을 맡기
는 것처럼, 혹은 열린 문으로 빨려나가는 것처럼 보였는데, 아무
튼 차량 밖으로 총총총 나가면서도 목청껏 이야기를 계속했다.
그들 여섯은 한 가지 이야기를 하고 있던 것이 아니라, 각자 자기
한테 가까운 사람과, 다시 말해 미노베는 스즈키와, 아즈마는 유
키오와, 야스이는 이시하라와, 이런 식으로 얘기하고 있었다. 그

모습은 대강 하나의 덩어리를 이룬 것처럼 보였다. 술에 취해 주변에 어느 누구 하나 자신들처럼 큰 소리로 떠드는 사람이 없다는 사실을 알아차리지 못했는데, 사실 애초에 알아차릴 마음도 개선할 마음도 없었다. 지하철에서 내려 개찰구로 향하는 계단을 오르면서도 떠드는 소리는 멈출 줄을 몰랐다. 그들은 한 줄로 한 대의 개찰기를, 마치 의식을 치르듯 순서대로 통과하면서도 소리 지르는 일을 멈추지 않았다. 그 줄의 맨 뒤에 있던 이시하라가, 자기 차례가 오기 직전에 표를 어딘가에 두고 왔다는 사실을 깨달았다. 그는 기계 앞에서 잠시 멈춰 서서 바지 주머니를 전부 뒤적거렸다. 하지만 찾아도 표가 나오지 않자, 마침 그때 개찰구를 빠져나가던 야스이에게 말을 걸어 불러 세운 뒤, 그의 엉덩이에 자기 허리를 바짝 대고 한 몸이 되어 개찰기를 통과하려 했다. 개찰기 날개문의 감촉이 느껴졌다. 문은 닫히려 했지만, 야스이와 이시하라는 술에 취한 몸에서 낼 수 있는 모든 힘을 모아, 있는 힘껏 돌진해 통과했다. 날개문은 망가져 버렸다. 그렇게까지 힘으로 밀지 않았어도 빠져나갈 수 있었지만, 전혀 힘조절을 하지 않고 밀어붙인 탓에 그들은 앞으로 고꾸라졌다. 옆에서 그 모습을 보며 웃음을 터뜨린 미노베나 스즈키, 아즈마, 유키오는 그때도 변함없이 큰 소리를 내는 중이었다. 그들은 지상으로 올라와서도 여전히 한 덩어리로 뭉쳐 있었다. 라이브하우스로 향하는 그들의 말소리는 지하에 있을 때보다 한층 더 커졌지만, 그건 그렇게 하지 않으면 자기 목소리가 들리지 않을 것 같았기 때문이었다. 실제로는 이미 충분히 아우성치는 소리였기 때문에 언성을 더 높일 필요는 없었는데도 말이다. 뒤늦게 사실을 깨달은 그들이 볼륨을 조금 줄였지만, 소리는 여전히 컸다. 롯폰기 거리 차도의 그 시끄러운 소리들을 뚫고 길 건너까지 들릴 정도였다. 롯폰기 거리에는 그때도 끊임없이 자동차들이 오가고 있었고, 자동차가 주행하면서 내는 소리나 배기가스를 내뿜는 소리 외에도 이건 무슨무슨 소리라고 딱 그 소리만 떼어내어 판정할 수 없는 잡다한 소리들이 집결해 있었다. 떠들썩한 소리들은 하나로 뭉쳐 보이지 않는 소용돌이 같은 모양이 되어, 이유 없이 빙글빙글 그 근처를 멤돌다 밤기운에 데워져 하늘로 떠올라 충분히 높은 곳까지 올라가서는 이 광경을 내려다보기 시작했는데, 여기저기 있는 빛들은 광점에서 멀면 멀수록 뿌옇게 흐려지고, 그 흐려진 것들끼리 뭉치면 무거운 연기가 바닥에 괴어 있는 것처럼 보일 것만 같았다.

세 살 때 도쿄타워의 높은 쪽 전망대에서 땅을 내려다보고 진짜 자동차가 미니카처럼 보여 깜짝 놀랐던 기억이 야스이의 머릿속에 떠올랐다. 뇌리에 남은 대낮의 광경, 그는 지금 그 경험을 밤의 색으로 덧칠해가며 상상의 조감을 하고 있었다. 개찰기 날개문을 밀어 망가뜨리다가 다친 허벅지를 손으로 누르며, 그는 여섯 남자들이 뭉쳐 있는 덩어리 중 맨 뒤에서 걷고 있었다. 허벅지에는 멍이 들었지만 그는 아직 그 사실을 알지 못한 채, 아까부터 줄곧 옆에 있는 이시하라와 간헐적으로, 드문드문 이야기를 나누고 있었다. 이야기의 주제는 여자였다. 둘은 전철역 계단을 오를 때부터 이 무리, 여섯이 만든 한 덩어리의 맨 끝에서, 계속 나란히 걷고 있었다. 둘 다 술에 취한 데다가 머리는 절반만 쓰고 있었기 때문에, 대화는 뒤죽박죽 어긋났고 이시하라의 눈은 풀려 있었다. 야스이가 이시하라에게, 지금 우리 어디 가는 거야? 하고 물었을 때 이시하라는 아무 대답도 하지 않았다. 어쩌면 그건, 이시하라가 그 질문을 아예 듣지 않았기 때문인지도 모른다. 그때 야스이는 자기들이 라이브하우스로 가고 있다는 사실도 모른 채 걷고 있었다. 여섯 사람 중에 지금 자기들이 라이브하우스로 가고 있다는 것, 그리고 라이브하우스 이름이 슈퍼딜럭스라는 사실을 알고 있는 사람이 몇 명인지도 몰랐다. 적어도 야스이는 그랬고, 심지어 아무런 의문도 갖지 않은 채 그냥 그들의 뒤를 따르고 있었다. 여섯 명 중에 자기만 이렇게 주체적이지 못한 상태로 걷고 있을 거라고는 생각하지 않았다. 잠시도 쉬지 않고 이 무리 중 적어도 누구 한 명은 꼭 큰 목소리로 뭐라고 지껄이고 있었다. 이들 여섯의 위치는 가끔씩 바뀌었다. 예를 들어 미노베와 스즈키가 방금 지나친 여자를 돌아보며 그 여자의 다리—래봤자 점점 멀어지는 무릎 뒷부분—에 점수를 매기느라 속도가 느려지면, 아즈마와 유키오가 어깨를 부딪치며 두 사람을 추월했다. 쭉 스즈키하고만 이야기하던 미노베가 갑자기 아즈마와 유키오에게 방금 지나간 여자에 대해 말을 걸면, 아즈마가 또 거기에 대꾸를 했다. 그런 대화의 일부만을 듣고 있던 야스이는, 그들이 무슨 소리를 하는 건지 알아들을 수 없었다. 야스이는 이시하라와 한참 얘기를 하고 있었고, 무엇보다 술에 취해 있었다. 또 그때 혼잣말 같은 소리를 고래고래 질러대던 스즈키의 큰 목소리와 겹쳤기 때문에 결론적으로 아무것도 알아들을 수 없었던 것이다. 의미 따위 상관없다는 듯, 말들이 그저 소리가 되어 흐르고 있었다.

여섯 남자가 달려들 기세로 슈퍼딜럭스의 플로어를 향해 들어간 것은, 공연시간인 8시를 간당간당 앞둔 때였다. 그들은 입구 앞을 그냥 지나쳐 꽤 멀리까지 가버렸고, 몇 분이 지나서야 그 사실을 알고 급히 돌아왔던 것이다. 슈퍼딜럭스의 간판은 작고 눈에 잘 띄지 않는 것이었다. 입구를 지나치고 나서 잠시 동안, 그들은 완만한 언덕길을 시끄럽게 떠들며 무심하게 내려가고 있었다. 잠시 후 전방에 니시아자부 교차로가 크게 보이자, 아즈마가 어쩌면 이미 지나친 것이 아닐까, 하고 생각하기 시작했다. 그렇지만 그때는 아직 언덕길을 내려가는 중이었다. 조금 더 시간이 지나서 아즈마는, 역시 지나친 것이 맞는 것 같다고, 이번에는 소리를 내어 중얼거렸다. 그러나 여섯 남자들은 걸음을 멈추지 않았고, 계속 언덕을 내려갈 뿐이었다. 그러다 드디어 아즈마가 발을 멈추고, 이번에는 의심의 여지없이 확신에 차서 다른 다섯 명에게 다 들릴 목소리로 크게 말했다. "어? 야, 우리 아무래도 지나친 거 같은데?" 하지만 그 목소리는 너무 커서 오히려 묘하게 혼잣말처럼 들렸다. 적어도 아즈마 본인한테는 그렇게 들렸다. 왜 그랬는지는 알 수 없었다. 아즈마는 우선 고개를 돌려 언덕 위를 올려다봤다. 그리고 몸 전체를 180도로 틀어 방금 올려다본 길을 되돌아가기 시작했다. 그러자 나머지 다섯 명도 군소리 없이 그의 뒤를 따라 언덕을 도로 걸어 올라갔다. 아까보다, 즉 언덕을 내려갔을 때보다 다들 주의를 기울였기 때문에, 이번에는 슈퍼딜럭스라고 쓰인 간판을 지나치지 않고 찾을 수 있었다. 눈에 잘 띄지 않는 간판이었기 때문에, 여섯 남자들은 그것을 발견하자마자 소리 높여 실컷 욕을 퍼부었다. 그들은 그때도 한 덩어리 같았다(적어도 주변 사람들에게 그렇게 보였다). 욕을 쏟아내는 동안, 여섯으로 이루어진 한 덩어리는 그 상태 그대로 플로어로 향하는 문을 밀어, 가게 안으로 우르르 들어갔다.

플로어가 시야로 확 들어오자 먼저, 넓은 공간치고는 천장이 낮아 전체적으로 납작한 모양이라는 느낌이 들었다. 여기저기, 이것저것 흩어져 있는 듯한 느낌이었다. 낮은 테이블이 배치되어 있고, 각 테이블 주변에는 소파와 의자들이 있었다. 그것들은 하나같이 소재나 색깔, 모양이 서로 달랐다. 황록색이나 보라색 같은 색깔—플로어는 어둡고, 조명에도 색이 들어가 있었기 때문에 정확한 색깔은 구분할 수 없었지만—을 띠는 것도 있었고, 털이 긴 커버가 씌워진 것도 있었다. 말도 안 되는 핑크로 된, 파충류 가죽을 본떠 만든 비닐 소재의 징그럽고 묵직한 스툴도 있었고, 곡선은 매끄럽게 잘 빠졌지만 전체적으로는 찌그러진, 꽤 커다란 플라스틱제 소파인지 벤치인지 모를 물건도 있었다. 그것들은 이미 먼저 온 손님들이 대충 맡아놓은 자리들이었다. 입구에서 제일 멀리 떨어진 벽 근처가 무대가 될 예정이었고, 바닥의 한 면에는 조명이 하얗게, 척하고 달라붙어 있었다. 그 공간 안에 스탠드마이크, 기타, 앰프, 접이식 의자가 빼곡하게 놓여 있었고, 그 사이로 온갖 기자재의 코드가 늘어져 있었다. 무대 바로 앞에 있는 낮은 테이블과 의자에 마침 딱 여섯 명 정도 앉을 수 있게 비어 있었다. 야스이가 그곳을 발견하고는 척척척 돌진했다. 나머지 다섯 명도 그를 따라갔다. 일단 자신의 짐을 자리에 놓은 뒤, 그들은 또 전원이 한꺼번에 입구 근처에 있는 바 카운터로 향했다. 각자 마실 것을 주문하고 다시 자리로 와서 보니, 다들 하나같이 맥주를 시키고 온 것이었다.

슈퍼딜럭스에서는 오늘 밤 연극 퍼포먼스가 공연될 예정이었다. 그러나 여섯 명 중 다섯 명은 그런 사실을 모르고, 술에 취한 상태로 우르르 무리가 가는 길에 몸을 맡겨 여기까지 온 것이었다. 그러므로 당연히, 이제부터 이곳에서 연극, 아니 퍼포먼스 같은 것이 공연되리라는 사실도 몰랐다. 이제부터 자기들이 그것을 보게 되리라는 것도, 그것이 어떤 류의 퍼포먼스인지도, 더욱이 여기가 라이브하우스라는 것도 몰랐다. 이 모든 것을 알고 있던 건, 여섯 명 중 아즈마 한 명뿐이었다. 그는 이날 퍼포먼스가 있다는 얘기를 누구에게 들어서 알고 있었는데, 그 누구는 바로 그저께 영화관에서 만난 여자애였다. 그녀는 자기가 열아홉 살이라고 했다. 영화관은 몇 년 전에 시부야에 새로 생긴 작은 곳으로, 거기 의자 커버에서는 아직도 옷가게에서 날 법한 냄새가 났다.

확실히 어려 보였다. 피부가 그랬다. 하지만 얼굴은 영아니었다. 그녀의 젊음은 그녀의 얼굴을 받쳐주기보다는, 자기 얼굴 수준을 어느 누구보다도 자기가 제일 잘 알 때 발생하는 비굴함으로 인해 침식되어 있었다. 심지어 그 침식을 조장하고 있었다. 형태도 존엄도 깔아뭉개진, 차마 보고 있을 수 없는 모습이다. 늘 그랬지만, 영화관은 그날도 사람이 뜸했는데, 그럼에도 나와 그녀는 옆자리에 나란히 앉아 영화를 봤다. 그녀가 내 왼쪽 자리로 와 앉은 것이다. 난 영화가 끝날 때까지 내내, 몸의 왼쪽 기력이 차갑게 식어 굳어버린 느낌으로 있어야 했다. 다 보고 나자, 왼쪽 몸 전체가 마비된 것처럼 저렸다. 물론 지금은 풀렸지만 아직 그때의 감각은 내 피부 속에 남아 있어, 끄집어내려고 마음만 먹으면 언제든 끄집어내서 그때의 기분을 생생하게 느낄 수 있을 것 같다. 난 지금, 그때 만난 그 여자애가 어쩌면 여기 라이브하우스에 온 건 아닌지, 아까 플로어로 들어왔을 때부터 쭉 신경이 쓰였다. 그래서 실은 몇 번이나 플로어 전체를 꼼꼼하게 둘러보았다. 그곳에는 콘크리트로 된 벽과 바닥이 사람들의 기운과 냄새 덕에, 또 음악과 조명 덕에 부드러운 기색을 보이고 있었다. 그 안에서, 제발 없기를 바라며 열심히 그녀를 찾았다. 그녀는 없었다.

이틀 전에 나는, 영화 티켓을 두 장 가지고 있었다. 애인이라고 해야 할까 여자친구라 해야 할까, 아무튼 뭐 그런 사람과 같이 볼 용도로 쓰려고 했지만, 못 가게 됐다는 문자가 와서, 뭐 그럼 할 수 없지, 했다. 3월엔 따뜻한 날과 추운 날이 있다. 그날은 추운 날이었고 거기다 밤이었기 때문에 밖에 서 있는 것은 그리 좋은 생각이 아니었다. 하지만 영화관 입구에서 나는, 예매하지 않고 당일 티켓을 사러 오는 사람에게 필요 없어진 표 한 장을 팔아야겠다는 생각에 서 있었다. 조금 기다리자 금방 한 사람이 왔는데, 남자이기도 해서 딱히 말을 걸지 않았다. 그는 내 앞을 지나 그 길로 영화관으로 이어지는 계단을 내려갔다. 난 추워서, 기다리는 것 말고 할 일도 없는 그 시간 동안 거기서 발을 구르며 있었다. 잠시 후, 또 한 사람이 왔다. 그 사람도 남자였다. 그렇게 한동안 남자만 계속 오고, 여자가 오더라도 남자와 함께였다. 난 하늘을 올려다보았다. 마치 상공에 떠 있는 것 같기도 한, 빌딩 위에 붙어 있는 사각 광고판을 보며, 1분 정도 되는 주기로 반복하게끔 입력된 불빛의 패턴을 다 외울 때까지 계속 그러고 있었다. 그렇게 여섯 번째 사람이 지나갈 때쯤, 드디어 여자가 왔다. 그녀였다. 꼭 말을 걸 필요는 없었는데, 어쩌면 난 그때 그 여자애 다음으로는 두 번 다시 여자가 오지 않을까봐 초조했던 것일지도 모른다. 긴장감이라고는 찾아볼 수 없는 용모, 게다가 그 용모 때문에 면목 없어하는 자신을 한심해한다는 게 전부 느껴질 만한 걸음걸이로, 그녀는 걸어왔다. 하지만 나는 그녀에게 말을 걸었고, 그녀는 응해주었다. 일단 거기 선 채로 우리는 영화표와 표값을 서로 주고받았다. 1,500엔을 받고 지갑에 넣는데, 뒤가 켕기는 기분이 들었다. 그녀가 못생겼기 때문이었다, 그리고 이런 말을 할 수도 없다는 사실이 더욱 그런 기분을 증폭시키고 말았다. 둘이서 같이 계단을 내려왔다. 영화 좋아하세요? 그녀가 물었다. 난 뭐 그런 당연한 걸 묻나 싶었지만, 그렇다고 대답했다. 그녀는 연달아 질문을 쏟아냈다. 어떤 영화 좋아하세요? 우와, 그런 영화 전 아직 못 들어봤는데, 그 영화에 끌린 포인트 같은 게 있어요? 저기요, 누구누구가 출연한다더라, 아니면 감독이 아무개라더라, 둘 중 뭘 더 중시하세요? 내가 영화관 깊숙이, 가운데쯤 되는 자리에 앉는 것을 보고 그녀는 몸집에 비해 빠른 동작으로—그러나 실제로는 묵직한 느낌으로 공기가 흔들리고 있었다—내 옆자리로 달려들 듯 다가와 나란히 앉았다. 질문은 아직 끝난 게 아니었다. 좋아하는 영화의, 예를 들어 OST 있잖아요, 혹시 그 OST가 보이면 사는 타입이세요? 하는데 그때, 객석이 어두워졌다. 광고나 예고편 몇 개가 수도 없이, 언제나처럼 길게 이어졌다. 그러고 나서 드디어 영화 본편이 시작되었다. 그것은 캐나다 영화였다. 사춘기 여자애들이 네 명 있고, 넷 다 너무나도 틀에 박힌 사춘기를 보내고 있었다. 영화는 특별히 어떤 허세도 없이, 대신에 아무런 고심의 흔적도 없이 막연하게 그 스토리를 쫓고 있었다. 나는 영화 중간부터 싫증이 나기 시작해, 그때부턴 솔직히 보지도 않았다. 알아듣지도 못하는 영어를 그저 듣고 있는 모양새가 되어, 그 대신에 영화관 입구에서 여자나 기다리던 나 스스로가 얼마나 칠칠 맞았는지 거듭거듭 후회하고 있었다. 그것에 대한 반성이랄까, 회상을 하는 것이 스크린 속 영상을 보는 것보다 훨씬 더 영화를 보는 기분이 났다. 그녀에게 말을 건넸던 이해할 수 없는 순간이 조각처럼 잘려 나와, 그 파편이 머릿속에서 미니멀하게 돌아다닌다. 그러던 중에 영화는 끝났다.

객석이 밝아지자마자 그녀는 입을 열었다. 저기요, 지금 영화 어땠어요? 좋았어요? 별로였어요? 전 어느 쪽이냐 하면, 너무 좋았던 것 같거든요. 방금 영화에 흑인 여자가 한 명 나왔잖아요. 그애 오빠 역으로 나온 사람 있잖아요. 그 사람이 극단을 하는데, 극단이 아닌가? 퍼포먼스 집단인가? 아무튼 그런 걸 한대요, 제가 그걸 알아서 하는 소리가 아니라, 와, 역시 그 사람 연기 엄청 잘하는 거 같던데, 어땠어요? 그렇지도 않은가? 근데요, 맞다, 있잖아요, 그 사람들이 퍼포먼스를 내일 모레였나, 롯폰기에 있는 라이브하우스에서 한다는 소문이 있더라고요, 소문이 아니라 이거 진짜예요, 지금 말하다보니까 소문이라는 말이 튀어나왔어요, 근데 그걸 극장 같은 데서 하는 게 아니에요, 그 사람들은 늘 라이브하우스 같은 데서 연극인지 퍼포먼스인지를 하는 사람들이라서, 그래서요, 매번 무대 세트 같은 건 아무것도 안 하고요, 막 마이크 들고 즉흥으로 떠드는 식으로 퍼포먼스 같은 걸 하는 거래요, 네, 그런 걸 한다는 것 같더라고요.

내가 그렇게 말하자 그는, 그런 게 있구나, 한번 보러 갈까, 하고 말했다. 물론 그가 입에서 나오는 대로 그런 말을 내뱉은 것이라는 사실은 알고 있었다. 하지만 난 일부러였다고나 할까, 그 말을 진지하게 받아서 곧바로 틈을 주지 않고, 어 진짜요? 그럼 거기 같이 한번 가볼래요? 하고 말했다. 그냥 내뱉은 말이라고 믿기 싫은 마음, 그리고 그냥 뱉은 말이 아닌 걸로 치고 내 맘대로 대화를 그다음으로 전개시키려는 의도 때문이었다. 하지만 나도 그가 가고 싶어한다고 볼 여지가 조금은 있었기 때문에 그런 말을 한 것이다. 게다가 같이 가자고 했을 때 어떤 결과가 나올지 눈에 보였고, 내가 밝게 노력하면 잘될 거라고 생각했다. 스스로 확신하는 것 같은 억지스러운 진심이 담긴 말투였다. 나름대로 나 자신을 고무시키도록 활달하게 말하자는 생각도 있었다. 그에게 내 안에서 실룩거리는 기대감—기대감이라고 부를 정도로 거창한 것은 아니고, 귀여운 정도라고 생각하지만—을 전부 들킨다 해도, 난 아무 상관없을 것 같았다. 아니다, 그건 거짓말이다. 만약에 진짜 들켰으면 확 죽어버리고 싶었을 것이다.

나는 다시 한 번, 진짜요? 그럼 거기 한번 같이 가볼래요? 하고 말한 다음, 그를 똑바로 바라보겠다고 마음먹었다. 그리고 진짜로 그렇게 했다. 내가 유혹하는 것 같은 낌새를 보이면 그가 넌더리를 낼 것이라는 걸 알면서도, 그렇게 했다. 유혹하는 동안에는 뚫어지게 봐야만 할 것 같았고, 눈으로 어떤 주장을 펼치는 것이 소용 없을 거란 생각은 들지 않았다. 넌더리 낼 걸 안다고 해서 너무 급하게 허둥대며 시선을 피하면, 오히려 그게 더 분위기를 어색하게 만들 것 같았다. 아무 소용없다는 걸 알면서도, 그럼에도 난 열심히 어느 정도의 시간, 그래봤자 짧은 시간, 몇 초 정도 동안 응시했다. ◁◎▷ 그러나 역시 결과는 안 좋았고, 나는 그만하기로 마음먹었다. 다시 벽으로 시선을 돌리자, 미처 생각지 못한 것이 눈에 들어왔다. 그것은 있는 힘껏 던진 찰흙이 찰싹 달라붙어 있는 것 같은 느낌의 얼룩이었다. 아주 연한 잿빛이라 잘 안 보였지만, 절대로 없어지지 않을, 거기에 있는 의미도 거의 없는, 그런 얼룩이 벽에 묻어 있어서 나는 그걸 보고 있기로 했다. 그렇게 바라보는 행위 안에, 딱히 의미 깊은 무언가로 변화시킬 힘을 담을 수 없으면서도 담아보려 했다. 솔직히 말해서 그때 난 이미 완전히 나 자신을 감당할 수 없었다. 하지만 동시에, 왜 늘 그렇게 감당 못 하겠다는 결론을 쉽게 내리느냐고 스스로 나무랐다. 영화관 로비에 있는 그 벽은, 지금 상영 중인 영화가 소개된 잡지 기사를 오려 붙여놓는 공간이었다. 우리 둘은 거기에 거의 기대듯 서서 이야기를 나누고 있었다. 둘이 있는 벽에서 조금 떨어진 곳, 내 오른쪽 어깨가 접해 있는 벽의 50센티미터 정도 오른쪽 위에, 한 변이 10센티미터 정도밖에 안 되는 정사각형 종이가 한 장 붙어 있었다. 이름만 아는 잡지의 기사였다.

그가 있는 곳에서 보면, 기사가 있는 곳은 내 머리에 가려 거의 보지 못했지만, 특별히 보고 싶은 게 있는 것도 아니었다. 그는 여기서 빨리 나가고 싶었다. 하지만 내가 상반신의 무게를 온전히 벽에 실은 채, 마치 정말로 거기서 더 움직일 수 없다는 듯 굴었기 때문에, 그걸 내버려두고 갈 수도 없겠다는 생각이 들었다. 나는 그에게 그런 마음이 들도록 만들었다. 그도 내가 약간의 연기 같은 것을 하고 있다는 것을 당연히 알고 있었다. 그래도 이렇게 서 있을 수밖에 없었다. 그는 몸을 나처럼 벽에 기대지도 않고, 계속 온전하게 서 있었다. 발뒤꿈치가 욱신거렸을텐데 그는 총 한 시간 정도를 거기서 그러고 있었다.

두 사람이 나누던 이야기에 어느 정도 매듭이 지어지고, 대화와 대화 사이에 틈이 생겼다. 나는, 그러고 보니 영화 시작하기 전에 OST가 어쩌고 하는 얘기를 했었는데 영화가 시작해버려서 중간에 끊어졌었다는 것이 떠올랐고, 그래서 맞아, 그 얘기를 이어서 하자 싶었다. 저기요, 실은 아까부터 쭉 이거 말할까 말까 마음속으로 생각하고 있었는데요, 아까 영화 시작하기 전에 잠깐 얘기했던 거 같은데요, 그래서 그냥 그 얘기 이어서 하려고 하는데, 그래도 되나요? 그게요, 좋아하는 영화 OST 사는 타입이시냐고, 제가 아까 질문했었잖아요, 그랬더니 그런 거 안 사는 주의라는 식으로 말씀하셨잖아요? 저, 그래서, 그건 무슨 이유가 있는 거냐고 제가 물어봤잖아요? 그런데 그때 딱 영화가 시작하는 바람에, 영화는 아니고 예고편이었지만, 그래도 말이 끊겨서 그 얘기를 못했잖아요? 기억나세요? 그 얘기, 지금 이어서 좀 해도 될까요? 이렇게 말하자 그는, 네, 하고 대답했다. 그래서 나는 그 말을 하고야 말았다. 그런데요, OST 왜 안 사는 거예요? 무슨 이유가 있는 건지 물어보고 싶은데, 저 솔직히 그 이유 듣고 싶거든요. 그때 나는, 벽에 기대어 있던 나의 체중에 더욱 무게를 실으며, 그에게 말을 했다. 사실 그도 나처럼 벽에 몸을 기대었으면 싶어서, 둘이 똑같은 벽에 똑같이 기대어 이야기를 나누고 싶어서, 그러니까 나는 유혹하는 마음으로 그랬던 것이었다. 하지만 당연히, 무슨 고집인 건지, 그는 기대지 않았다. 하지만 나도 아주 은근한 마음으로 그랬던 것이었기 때문에, 그와 함께 기대기를 내가 원하는 걸 아무도 눈치 못 챈다는 것을, 알고 있었다.

그가 입을 열었다—OST란 게 보통 영화를 본 직후나, 영화가 참 좋았다 싶을 때 사고 싶은 마음이 드는 것이고, 또 뭐라도 인상적인 음악이 있으면 사고 싶어지고, 안 사면 왠지 사야 될 것 같은 마음이 든 적은 여러 번 있었는데—네, 하고 나는 대꾸했다. 그는 말했다. 음, 그런 마음이 드는 건, 뭐 나도 잘 알죠, 아는데, 그렇잖아도 그럴 때 몇 번 사봤는데, 그러니까 많이요, 뭐 지금까지 그런 걸 참 많이 몇 장씩 사고 그랬던 경험이 있어서 말하는 건데, 보통 그런 OST는 금방 질리지 않나요? 어때요? 안 질려요? 난 질리거든요, 음, 그 사실을 언젠가 깨달은 거죠, 그래서 그때 이후로는 뭐, 난 OST를 안 사게 됐다 이 말이죠. 그는 자신의 체중을 아직도 스스로 버티고 있었다. 나는 방금 그가 한 말에 굉장히 공감했다. 격하게, 라고 해도 되려나, 감동했다. 저도 그거 완전 이해돼요, 완전! 하고 말했다. 그랬더니, 어쩐 일인지 나는 또 붕 뜨는 것 같았다. 난 당황해서 아주 재빠르게, 음 그럼 저도 OST는 이제부터 안 사는 게 좋겠네요? 하고 말했다. 그렇지만 그렇게 말한다고 해서 붕 떴던 내 마음이 가라앉지도 않았고, 전혀 정신이 차려지지도 않았다. 아니 딱히 그건 사든 안 사든 상관없잖아요? 하고 그가 말했다. 아, 네, 하고 나는 말했다. 그렇죠. 나는 이어 말했다. 기본적으로 사람 취향이라는 게—취향이랄까, 뭐 그런 게—사람마다 다 다르고 그렇잖아요. 그러니까 사고 싶은 사람은 사고, 안 사고 싶은 사람은 안 사고, 그런 거죠. 그렇죠? 그는 그렇다고 말했다. 이때 나는 진짜 바보였다. 이제부터 저도 OST 안 사는 게 좋겠네요? 라니, 도대체 이건 뭘 물어보겠다는 건지 전혀 모르겠다—난 그냥 입을 다물고 있어야겠다. 아니다, 그냥 확 죽어버리는 게 낫겠다—백번 양보해 내가 한 질문이 정말 순수하게 질문한 거라 치자, 그거에 대한 대답은 당연히 하나밖에 없는데, 그런 걸 굳이 궁금하다는 듯 물어보는 것은 진짜 썰렁한 농담이랑 다를 게 없는 것이고, 거기다 난 그딴 말을 하고 있는 나 자신에게 더는 미래가 없다는 사실을, 그렇게 입으로 직접 내뱉고 나서야 깨달았다는 사실을 깨닫고, 정말로 나가 죽어야 될 만큼 한심하다고, 그도 분명히 똑같이 생각하고 있을 거라고 상상했다. 실제로 그는, 나의 그 썩어빠진 질문을 듣고, 분명 뭐? 같은 반응을 했던 것 같다. 하지만 그의 입장에서는 그다지 악의를 가지고 한 것도 아니고, 그냥 자연스럽게 튀어나온 말일 뿐이기 때문에, 나는 이제 뭘 어떻게 해야 할지 몰랐다. 언제나 나는, 내가 뭘 어떻게 해야 할지 곧바로 답이 안 떠오른다. 이렇게까지 금방 혼란에 빠진다는 건 아마도 내가 못됐거나 나약해서, 둘 중 하나다. 아까 OST 얘기한 것을 나는 반추하고 있다. 이제부터는 나도 OST는 안 사는 게 좋겠네요, 하고 말했을 때 그는, 뭐, 사고 싶으면 사는 거고, 안 사고 싶으면 안 사는 거죠, 하고 말했다. 그러니까 그 말은, 그냥 네 맘대로 해 이 바보야, 라는 의미다. 그게 결국 그 소리라는 것을, 지금 겨우, 그렇다, 이제 와서야 겨우—어지간히 늦게도—깨달았다. 이제서야 깨달았다는 것은, 다시 말해 역시 내가 바보라는 것을 의미한다. 부끄러웠다. 그때쯤부터 나는, 이제와 말이지만 온몸이 뜨거워지기 시작했다. 하지만 그건 어쩌면, 부끄럽다는 감정과는 조금 다른 무언가로 인해 뜨거워진 것인지도 모른다, 하지만 난 바보고, 그 무언가가 뭔지는 잘 모르겠다. 하지만 어쨌든 뜨거워서, 나는 그 상황에서도 뭐라도 말을 해야 할 것만 같아서, 결국 그때 정말이지 말도 안 되는 말을 지껄였다—저 완전 오늘 운이 좋았어요, 영화표 말이에요, 미리 예매했으면 좋았을 걸 바보같이 그걸 안 하고 여기 오는 바람에, 할인도 못 받고 완전 손해 보는 거였잖아요, 덕분에, 그렇죠 덕분이죠, 싸게 살 수 있어서 엄청 운이 좋은 거죠. 진짜 고마워요—그러고 나서 난 수영할 때처럼 조금씩 조금씩 숨을 내쉬면서 말을 이어갔다—

그런데요, 티켓이 한 장 남았다는 건, 원래 (그쪽) 오늘은 둘이서 영화 볼 생각이었던 거네요, 그럼, 아 죄송해요, 저기요, 혹시 괜찮으시면 부탁 하나 드리고 싶은데요, 안 내키시면 진짜 됐고요, (그쪽) 이름 가르쳐주셨으면 좋겠는데, 성만 알려줘도 좋고요, 가명이라도 상관없는데, 가르쳐주면 안 돼요?—그때의 난 벌써 진정 갈 데까지 간 상태였다. 참고로 (그쪽)이라고 한 건, 실은 입 밖으로 내서 말하고 싶었던 건데 못했던 부분이다. 나는 나도 모르는 사이 그에게, 나는 미피라고 불러주시면 될 거 같아요, 하고 여태까지는 오글거려서 레알 주변 사람들 아무한테도 말 못했던 내 닉네임을, 신기하게도 알려줘버렸다. 나는 아직 이때, 내가 내 머릿속에 있는 말을 그대로 입 밖으로 뱉어낸 건지, 그래서 그 말이 벌써 상대방 귀에 들어간 건지, 아니면 실은 내가 아직 입 밖으로는 안 뱉고, 그래서 그의 귀에 안 들어가고, 그냥 내 머릿속에서만 말을 한 건지, 잘 모르고 있었다. 몸에서 열이 나는데 어디가 뜨거운 건지 나도 잘 모르겠다는 느낌이 계속 있었다. 그래도 난 굴하지 않고 그에게 계속 말을 걸었다. 난 그의 이름만큼은 꼭 알고 싶었다. 못 알아내면 오늘의 나는 너무나 비참해진다. 그건 너무 무섭다. 몸에서 나는 열 때문에 나는 나의 지금이 나에게서 멀어지는 기분이 들었다. 그 덕에 그렇게 무턱대고 저지를 수 있었던 것이고, 그러고 난 다음에도 그냥 아무렇지 않게 있을 수 있었다. 나는 나대로 온 힘을 다해—죄송해요, 음, 그냥 부탁 같은 거예요, 진짜 본명 아니어도 전혀 상관없으니까, 그냥 막 아무 닉네임 같은 것도 괜찮거든요, 단순히 지금 (그쪽을) 제가 뭐라고 불러야 되는지 모르겠어서, 그냥 그래서 궁금한 거거든요, 음, 그래서, 음, 지금 그걸 물어봐야겠다 싶어서,—그러니까 지금요, 음—하고 말했다. 그러나 그는, 이름을 끝까지 가르쳐주지 않았다. 대충 닉네임이나 거짓말로라도 괜찮았는데, 가르쳐주지 않았다. 무시를 당하면서 나의 노력은 결국 염려했던 대로, 아무런 의미도 없이 끝이 났다. 영화가 끝나고 나서 지금까지 한 시간도 채 안 되는 시간 동안, 도대체 얼마나 많은 아픔을 경험한 것일까 싶었고, 세기 시작하면 너무 비참해서 아마 죽고 싶어질 테니까, 그런 상처의 개수를 나는 세어보고 싶지 않았다. 그래서 세지 않았다. 이제 어떻게 살아야 될지 모르겠는 심정으로 지금, 난 몸이 뜨거워졌다고 생각했다. 그가 내게 소극적이라는 것은 과하다 싶을 만큼 아주 잘 알고 있었다. 내 얘기를 잘 들어주거나 머릿속에 넣으려는 마음이 없다는 것도 알고 있었다. 아무리 그래도, 갑자기 억지로 끝을 낼 수도 없기 때문에, 얘기를 듣는 척하면서 거의 혼을 빼놓고 아무 생각 없이 있었다. 예를 들어, 지금 이 썰렁한 상황에 어떤 노래가 깔리면 제일 웃길까, 같은 생각. 평소 같으면 그런 취급을 당하면 참을 수 없을 만큼 부끄러웠겠지만, 지금은 나 스스로 부끄러워할 수조차 없을 만큼 지옥에 떨어진 상태라, 거부를 당하든 말든, 그런 것을 따질 수 없는 느낌이었다. 그가 나를 향해 뭐라고 말을 하고 있었다. 무슨 말을 하는지 이해하는, 그런 고도의 행위를 할 힘은, 이때 나한테는 없는 상태였다. 아무튼 그가 한 말은 이제 그만 가겠다는 뉘앙스였고, 그것은 알아먹었다. 아니나 다를까 그는 내 앞에서 아주 잠시 동안 미안해하는 동작을 보였는데, 그러고 나서 바로 작별인사를 하고 내게서 멀어지더니, 부리나케 영화관을 나갔다. 완전히 내 모습이 보이지 않게 되어서야 걸음 속도를 늦추고, 한 번 고개를 돌려 내가 쫓아오지는 않는지 확인했다. 그후,

애초에 같이 영화를 볼 생각이었던 자기 여자 친구에게 전화를 걸어, 오늘 본 영화 더럽게 재미없었다, 반 이상을 잤다, 하고 말했다. 그 밖에도 이런저런 이야기를 나누며, 이따가 만나기로 약속하고, 집으로 가는 쪽과 반대쪽 지하철을 탔다.

퍼포먼스가 시작되었다. 시작하기 전의 분위기는, 예고 없이, 느닷없이 그 공간을 휘어잡았다. 그렇지만 그런 기운은, 여섯 남자들이 다 술에 취해서 시간개념이 없었기 때문에 그렇게 느껴진 것인지도 모른다. 내리던 눈이 갑자기 멈추었을 때처럼, 고요함의 질이 변했다. 웅성거리는 소리가 잦아들고, 객석 쪽을 비추던 조명이 관객들을 살피며 아주 약간 톤을 내렸다—하지만 원래부터 그다지 밝지 않았다. 그러니까 톤을 내렸다고 느낀 건 어쩌면 기분 탓일지도 모르겠다. 여섯 명은 그때 전원이 맥주를, 아무도 그것이 몇 잔째인지 모를 만큼 마신 상태였다. 종이컵에 조금 술을 남겨두었던 멤버들은 다들 이 타이밍에 잔을 비우고 말았다—어두워지고 잠시 후, 본격적으로 퍼포먼스가 시작될 것이라는 분위기가 우선 잡혔고, 그후 드디어 출연자들이 모습을 드러냈다. 으리으리한 느낌은 전혀 없고, 앞으로 펼쳐질 퍼포먼스가 그렇듯, 그들의 등장도 허세를 쪽 뺀 느낌이었다.

처음에는 백인 여자가 핸드마이크를 들었다. 코드를 몇 번 만지작거리는 건 별 의미없는, 그냥 시간을 벌려는 동작이었다. 그녀는 영어로 말하기 시작했다. 그녀의 옆에는 일본인 통역자가 서 있었고,

그녀도 또 핸드마이크를 들고 있었다. 굵지만 가끔씩 한층 높아지는 백인 여자의 목소리는, 높은 소리를 낼 때만 약간 하울링을 일으켰는데, 몇 번 그러다 말았다. 여자가 하는 말은, 이제부터 시작할 퍼포먼스에 대한 설명인 것 같았다. 단, 그 설명 자체도 퍼포먼스의 일부였다. 이제부터 우리는 무언가를 이야기하게 될 것이다, 하지만 어떤 이야기를 할지는 모른다, 왜냐하면 무슨 이야기를 할지 특별히 준비한 것이 하나도 없기 때문이다. 그렇지만 어쨌든 무언가를 이야기하게 될 것이다. 대충 그런 내용을 말했는지, 옆에서 통역자가 일본어로 말해주었다. 그런 다음 여자는 마이크에 대해 설명했다. 마이크는 무대 위에만 있는 게 아니라, 무대 밖에도 하나, 스탠드에 설치되어 있었고, 그 마이크에 대해 그녀는, 저 마이크는 여러분들을 위한 것이다, 하고 말했다. 그것은 마침 여섯 남자들이 뭉쳐 앉아 있는 곳에서 약간 뒤에, 통로가 된 구역에 그 통로를 살짝 가로막듯 세워져 있었다. 얘기하고 싶은 것이 있으면 언제든 그 마이크 앞으로 자유롭게 가면 되는 것이다. 영어로 말한 다음, 통역자가 일본어로 말했다. 하지만 당연히 아무도 마이크 앞으로 가지 않았다. 그렇게 침묵이 흘렀다. 여기는 일본이다. 여자는, 이건 추측이지만, 그 분위기를 풀기 위해 일부러 그 침묵을 그대로 내버려두었다. 하지만 결국 침묵은 너무 무거워지기 전

에 깨졌다. 객석 쪽에 있는 마이크로, 출연자 중 한 명인 젊은 흑인 남자가 걸어가더니, 자기 이야기를 하기 시작했기 때문이다. 그

의 드레드 헤어는 머리를 그렇게까지 부풀리지는 않은 느낌으로, 화려하거나 위협적인 느낌보다도, 샤프한 인상을 강하게 풍겼다. 그가 한 얘기는 아주 짧은 것이었다. 열여섯 살 때, 태어나서 처음으로 돈을 벌었다. 던킨도너츠 가게 안을 청소하는 일이었다. 첫 날 근무가 끝나고 매니저가 사무실로 그를 불러, 너는 이 일이 좋니? 하고 물었다, 하지만 나는 아무 대답도 할 수 없었다. 여기까지 이야기하고 그는 마이크에서 멀어지더니, 무대에 놓인 접혀 있는 의자를 직접 펴서, 거기에 앉았다. 그리고 그곳에는 다시 침묵이 흘렀다. 이번 침묵은 첫 번째 침묵에 비해 꽤 길었다. 처음에는 다들, 이번에도 금방 이 침묵이 끝날 거라고 생각했다. 다음에 이야기를 할 누군가가 금방 일어서서, 그가 섰던 자리로 가 이야기를 할 것이라고 예상했던 것이다. 그러나 그런 일은 일어나지 않았고, 모두가 생각한 것보다 훨씬 긴 침묵이 되었다. 이것도 다 퍼포먼스의 일부였고, 의도적인 침묵임에 틀림없었다. 그 공간 안에서 가장 참을성 없는 누군가의 심장이 슬슬 답답함을 못 견디고 비비꼬일 정도로 시간이 흘렀을 때, 그 정도로 충분한 침묵의 시간이 드디어 끝나고, 흑인 옆에 앉아 있던 여자가 일어날 기색을 먼저 보이더니, 잠시 후 진짜로 일어서서 마이크를 잡고 이야기를 시작했다. 모두가 이 침묵은 예상보다 더 길어질지도 모르겠다고 막 생각할 무렵, 이 침묵에 맞서 내 나름대로 시간을 보낼 방법을 진지하게 준비해야겠다고 고민하기 시작할 무렵이었다. 그러나 여자가 한 명 일어났기 때문에, 그때까지 모두의 마음속에서 피어났던 여러 가지가 흐지부지되고 말았다. 답답함을 포함하여 전부 어영부영 중화되고, 사라지고, 처음부터 아무 일도 없었다는 것처럼 되었다.

여자의 이야기는 이랬다. 그녀는 지금 시부야의 호텔에 묵고 있는데, 오늘 아침 시부야를 산책하는데 마침 시위를 하더라는 것이다. 미국이 이라크에 공격을 개시한 것은 며칠 전의 일이었다. 그녀가 본 시위는, 바로 그 공격에 대한 항의시위였다. 그녀는 그들 속으로 들어가 함께 걸었다. 그녀는 일본 시위대는 자기가 지금까지 알고 있었던 것에 비해 행렬의 폭이 훨씬 좁다는 점과, 경찰이 시위대의 수행을 해준다는 점에 놀랐다. 누군가 그녀에게 탬버린을 건네주었다. 시위대 어딘가에서 휴대용 CD컴퍼넌트에서 나오는 것으로 들리는 음악이 흐르고 있었다. 거기까지 이야기하고 그녀는 무대로 돌아갔다. 그리고 또 침묵의 시간이 왔다. 그러나 이번 것은 짧은 것이었다. 제일 처음에 이야기를 한 여자가, 마이크 앞으로 와서 딱 한마디를 했다. 그리고 곧바로, 이 마이크는 여러분들을 위한 것입니다, 라는 일본어 통역이 있었다. 그리고 또 침묵이 흘렀다. 이번 것은 길었다.

나는 내가 마이크 앞에 설 일이 있을지를 머릿속에 그려보고, 그 모습을 떠올리면서 시간을 보냈다. 잠시 후 남자 한 명이 일어섰지만, 그가 일어서는 모습은 내 시야에 들어오지 않았다.

마이크로 가까이 다가가는 것이 보이고, 그때서야 알았다. 백발이 된 중년 남자였다. 우리는 호기심 어린 눈으로 그를 주시했다. 그때 난, 나를 포함한 여섯 명 중 누구 하나라도, 저 마이크 앞에 서서 무슨 말을 하는 일이 생길까, 막연히 상상하고 있었다. 이날 마이크 앞에 선 최초의 관객이었던, 온화한 분위기를 풍기는 그 중년 남자는, 테두리가 없는 안경을 쓰고 있었다. 그는 이 공연을 인터넷에서 알게 되었다고 했다. 이것을 보기 위해 규슈에서 비행기를 타고 왔습니다, 그리고 그는, 이제 곧 전쟁이 난다는 것이 매우 걱정이 되고 두렵습니다, 라고 말했다. 그후, 내가 젊었을 때에는 베트남 전쟁이 있었습니다, 라고 말했다. 그리고 그 시절에는 말이죠, 예를 들어 '피터, 폴 앤드 마리' 같은 음악이 있었고, 우리는 다함께 입을 맞춰 그 노래를 부를 수 있었습니다, 라고 덧붙였다. 그렇지만 지금은 그런 노래가 없어요. 이즈음부터 나는 그 아저씨가 짜증 나기 시작했다. 더 할 줄 알았는데, 그의 이야기는 거기서 멈췄다. 그가 이야기하는 동안, 통역자는 계속해서 중얼중얼 그의 말을 영어로 옮겨 퍼포머들에게 전해주고 있었다. 어떤 사람은 수시로 고개를 끄덕였다. 마이크 앞에서 남자는 이야기를 다 끝내고 나서도, 말이 다 끝난 것을 스스로 자각하는 데에 시간이 걸리기라도 하듯, 잠시 그 자리에 멀뚱히 서 있었는데, 잠시 후 정신을 차리고 서서히 조명 밖으로, 어두움 속으로, 자기 자리로 되돌아갔다. 그리고 테이블 위에 남아 있는 자신의 음료수에 입을 댔고, 자신만의 공간을 가다듬었다. 우리의 시선은 이제 그를 쫓지 않았다. 곧바로 무대 위에서 누군가가 움직인 것은 아니었기 때문에, 다시 싸~ 해졌다. 완만한 침묵, 맥주의 거품 소리가 들리는 것 같은 느낌. 잠시 동안 그런 느낌이 이어졌고, 방금 전 이야기의 여운 혹은 잔향이 그 근처를 연기처럼 흐르고 있었다. 단, 조금 전의 남자 이야기에 공감하는 분위기가 됐냐 하면 그건 아니고, 굳이 말하면 그 얘기에 대한 반감이나 곤혹, 이라고 딱 잘라 말해버리면 말이 너무 심해지는데, 그 모든 요소가 합쳐 진 것 같은, 약간 흥이 깨지는 분위기였는데, 나도 똑같은 기분이 들어 다행이었다. 그때 그 공간의 공기가, 만약에 거기에 있던 사람들 몸 전체에서 떨어져 나와 존재한다면 즉 냉정한 누군가가 멀리서 판정할 수 있는 것으로서 존재한다면, 실제로 공기는 어떤 모양을 할까, 하고 나는 생각해보고 싶어졌다.

하지만 그러지 않았다. 맥주가 마시고 싶었지만, 아무리 그래도 지금 일어나 카운터로 걸어갈 수는 없었다. 그래도 일단, 몸을 틀어 카운터 쪽을 바라보는 것까지는 했다. 그리고 시선을 돌린 김에 객석 전체를 훑어보다 한 여자애랑 눈이 마주쳤다. 그 애와 나는 공연이 끝난 다음, 바 카운터 옆에서도 만나 이야기를 했다. 그러고 나서 둘이 택시로 시부야로 나와 그 길로 러브호텔에 들어갔다. 그날 밤은 금요일도 토요일도 아니었기 때문에, 한밤중을 넘긴 시간임에도 어렵지 않게 빈 방을 구했다.

그날 밤 퍼포먼스에서 마이크 앞에 섰던 몇몇 관객들 중, 통역 일을 하고 있다는 말로 얘기를 시작한 여자가 있었다. 그녀가 마이크 앞에 선 것은 퍼포먼스가 거의 끝을 달리던 무렵이었고, 라이브하우스 공간이 완전히 이젠 그만하자는 분위기로 이미 가득 차고 난 뒤였다. 그런데도 그 와중에 그녀는 그런 분위기를 전혀 깨닫지 못하고 이야기를 이어갔다. 아니면 사실은 알면서도 신경 안 썼는지 모른다. 실은 저도 통역일을 하고 있거든요. 하고 그녀는, 특히 무대 위에 있는 일본인 통역자를 보며 말했다. 음, 통역이 어떤 일을 하냐면요, 아니 뭐 여러분도 다 아시겠지만, 포인트는 누가 한 말을, 제 경우는 영어인데요, 그러니까 영어 같은 걸 일본어로 하거나 아니면 반대로 해서, 어떤 사람이 한 말을, 즉 내가 아닌 다른 사람이 한 말을 번역해서 전달하는 게 통역이잖아요. 그래서 저, 지금 여러 분들이 마이크로 얘기하는 거 보니까, 왠지 가끔은 내 생각을 내가 통역해서 말해보고 싶다는 생각이 들었어요. 그래서 지금부터 제가 제 생각을 영어로 통역해서 말해보려고요. 괜찮아요? —괜찮아요? 하고 묻는다 해도 그녀는 딱히 동의를 구하는 것도 아니었고, 누가 대답을 해줄 거라고 생각하지도 않았다. 그녀는 계속 말했다—근데, 그럼 무슨 얘기를 할 거냐면, 딱히 할 얘기도 없다는 생각이 지금 솔직히 드는데요, 이제 와서 할 말 없으면 어쩌라고, 무슨 소리를 하는 거냐고 묻고 싶으시겠죠? 음, 그런데 정말 없네요, 할 말이. 그게요, 제가 통역

이라 영어로 말을 할 수 있잖아요, 영어를 아니까, 오늘 같이 이런
자리에서 다 같이 토론 같은 거 하는 거 듣고 있으면, 무의식중에
저도 뭐라도 의견을 말하고 싶다는, 그런 생각이 들거든요, 그런
데 그렇죠? 막상 뭘 말하려고 하니까, 저 그냥 아무 의견도 없는
사람이네요. 죄송해요. 그러면 음, 무슨 얘기를 할까요, 아 맞다,
저도 〈볼링 포 컬럼바인Bowling for Colombine〉 봤어요, 그 얘기
할게요, 그건 정말 오싹하더라고요, 저도, 아아, 미디어란 게 이렇
게 우리를 부추기고, 우리한테 공포심을 유발하는 것이구나, 하
고 느꼈어요, 맞아요, 에비스惠比寿에서 봤는데요, 사람도 굉장히
많더라고요. 그런데 그런 영화를 다들 본다는 게 너무 좋은 것
같아요—내가 호텔에 간 것은 지금 이야기하고 있는 여자가 아
니라, 그 여자와 함께 온 그녀의 친구였다. 친구가 마이크 앞에서
상기된 표정으로 떠드는 것을 보는 그녀의 냉담한 얼굴이 우선
내 눈에 들어왔고, 잠시 그녀를 보고 있었다. 눈이 마주치기 조
금 전부터였다. 맨 처음 좋다 싶었던 것은, 사선으로 싹둑 자른
앞머리였다. 아마 그것은 스스로 자른 머리일 것이라고, 나
는 생각했다. 하지만 그것에 대해 결국 끝까지 물어볼 기회는 없
었다. 나는 처음에 일방적으로 그녀 쪽을 보고 있었을 때, 속으로
멋대로 내기라도 하듯, 그녀가 과연 마이크 앞에 설 것인지를 점치
고 있었다. 결국 그녀는 하지 않았다. 그런데 그 옆에, 그녀의 친구
가 일어서서 마이크 앞으로 간 것이다. 하지만 몇 명이나 그때 그녀

의 이야기를 제대로 듣고 있었을까? 그녀보다 앞서 이미 충분히 많은 사람들이 나가서 이야기를 했다. 그러면서 경과한 모든 시간과, 그때까지 여기 사람들 모두가 마셨을 술의 총량을 종합해보면, 이미 라이브하우스의 공기는 탁해져 있었다. 나도 통역이 아닌 그 친구의 앞머리에 온 신경이 가 있었다. 게다가 이전에 마이크 앞에서 말한 몇 사람의 이야기 조각이 머릿속에 박혀 있었다. 예를 들어—저도 오늘 시위 봤는데요, 거기 참여해야겠다는 데까지는 아무래도 마음이 안 움직여서, 결국 시위에는 안 나갔어요—라고 말한 여자가 있었고, 또다른 사람이, 바로 얼마 전에 볼링 포 컬럼바인을 봤는데, 라고 말을 꺼내며 감상평을 늘어놓는 남자도 있었다. 그 밖에도 여럿 있었다. 하지만 얘기를 듣는 것 자체에 대한 관심이 이제는 사라졌다. 저런 앞머리 한 여자애랑 자보고 싶었다. 나는 이제 남의 얘기를 들을 마음 따위 없었다. 라이브하우스에 온 다음에도 맥주를 두 잔인가 그 이상 마셨는데, 그 전부터 마신 것과 합하면 진짜 골 때리는 숫자가 된다. 여섯이서 쭉 마신 것이다. 나는 눈이 풀려 흐리멍덩했다. 아마 그런 눈으로 그녀와 시선을 교환했기 때문에 오히려 잘되었는지 모른다—왜냐하면 이것은 그냥 내 추측인데—괜한 틈새가 보이는 느낌은 줄어들고, 똑부러지게 응시하고 있다는 인상을 풍겼을지 모르기 때문이다. 술에 안 취했을 때 평소의 내 의식은, 지금 내가 있는 곳으로부터 다른 곳으로 자꾸만 가려고 하는데, 특히 눈이 꼭 생생하게 그런 의식의 흐름을 반영하고 만다. 그래서 두리번거린다. 하지만 술에 취해서 그것이 애매해지면 질수록, 오히려 쉽게 의식을 산만하지 않은 상태로 만들 수 있다. 내 눈길을 두는 곳, 안구의 움직임 같은 것을 고려하지 않아도 된다. 그러면 실제로 움직이지 않는다. 나는 시위에 참여했다는 퍼포머 중 한 여자의 이야기, 일본 시위는 행렬의 폭이 좁아 신선했다는, 여자가 아까 한 말을 떠올렸다. 그러고 보니 뉴스에서 본 미국이나 유럽에서는 시위 행렬이 도로 전체를 가로질러 있었는데, 같은 생각을 하고 있었다. 그러는 사이 내 시야에서 벗어난 지점에서, 퍼포먼스는 나의 취기 또는 의식 또는 눈이 풀려가는 것 따위와는 상관없이 진행되었다. 그때 다들 뭘 하고 있었냐 하면, 무대 위에서 뭐라고 질문을 하면 관객들이 거기에 예스나 노로 답을 해주는 것을 하고 있었다. 질문은 전부 열 개인가 있었다. 하지만 지금은 그중에서 하나밖에 기억이 안 난다. 그것은 마지막 질문이었다. 부시 대통령은 나쁜가? 하고 퍼포머 중 한 명이 물었다. 그전까지 했던 어떤 질문보다도 한층 더 여기저기서, 아니 그 정도가 아니라 거의 모든 객석에서 계속해서 예스예스예스 하고 울려 퍼졌다. 하지만 뭉텅이가 된 그 소리의 제일 끄트머리에 들리던, 예스와 딱 겹치게 정확하게는 그보다 약간 뒤에 노! 하는 높은 소리가—그건 남자 목소리였다—한 번 들렸다. 당연히, 무대 위 퍼포머 전원이 그 목소리가 나는 쪽으로 얼굴을 돌렸다. 누가 그랬는지는 물론 알았다. 퍼포머 중 한 명이 그에게, 당신의 의견을 듣고 싶다고 말했고, 그것을 통역자가 일본어로 말했다. 그는 마이크 앞으로 걸어갔다. 어쩔 수 없이 주뼛주뼛 걷는 모양새도 꼴사납지만, 주저 없이 마이크 앞으로 돌진하는 것도 진심으로 보이지 않을 거라 생각하는 듯한 걸음걸이였다. 아무튼 그럼에도 그가 마이크 앞에 도착하기를 기다리는 관객은 있었다. 기다리게 만든 그 주인공이 말했다—음, 제가 지금 지명된 것은, 왜 노라고 했는지 그 이유를 알고 싶어서인 것 같은데요—그렇게 말하면서 그는 한 번, 자연스럽게도 부자연스럽게도 보일 수 있는 방식으로 웃었다. 분명, 남들 앞에서 이야기를 하게 된 입장에서 먼저 스스럼없는 모습을 보여야겠다고 생각한 것이다. 그는 말을 이어갔다. 그의 얼굴에 웃음이 어린 느낌은 아직 남아 있었다—음, 이유는 지극히 간단한데, 결론적으로 말하면 그건 단순히, 여기 있는 사람들 전원이 다 예스예스 하면, 그것도 별로이지 않나 싶어서, 그게 가장 큰 이유입니다. 그러니까 부시의 정책을 좋아한다거나 그런 것은 아니고요. 진짜로 노라고 생각해서 그랬다기보다, 그래도 한 명 정도 노라고 해야지, 여기 전체가 예스예스 하는 분위기가 되면 조금 싫기도 하고, 위험한 거 아닌가 싶어서, 그냥 그래서 그런 거예요—통역자가 그것을 영어로 전했다. 변환과 전달의 시간 동안, 그는 또 웃고 있었다. 그 웃음에 대한 답례인지, 통역자도 웃으며 영어로 말했다. 던킨도너츠 얘기를 했던 흑인이 잠시 말이 없더니 강하게 고개를 끄덕였다. 끄덕이면서, 만약에 내가 이날 이 퍼포먼스에 관객으로 왔다면 아마 당신처럼 노라고 했을 것이다, 하고 말했다. 통역자가 일본어로 그렇게 말했다. 그 순서는 거기서 끝났다. 그후에도 아까처럼 몇 사람이 무슨 이야기를 했다. 무대 위에서 그 얘기를 받아 답변을 해주거나 아니면 상관없는 이야기를 하기도 했다. 가끔씩 퍼포머들의 형편없는 밴드 연주가 끼어들었다. 기타, 키보드, 드럼, 거기에 보컬까지, 전부 형편없었다. 하지만 그래도 좋았다. 창작곡도 몇 곡 연주했는데 물론 형편없었다. 연주가 끝나면 또 누군가가 마이크에 대고 무언가를 이야기했고, 그 이야기에 대해 또다른 누군가가 이야기한다. 마이크와 음악, 그것들의 반복이다. 그런 단조로운 구성의 퍼포먼스가 진행되면서, 마이크 앞으로 걸어가서 거기서 어떤 발언을 한다는 것이, 어느새 조금씩 어렵지 않은 일이 되었다. 그러나 동시에 전체적으로 조금씩, 그것도 착실히 권태로워지고 있음을 잘 알 수 있었다. 그리고 좋은 의미로도 나쁜 의미로도 엉거주춤한 이 퍼포먼스가 슬슬 끝날 때가 되었구나, 하고 관객들 대부분이 느끼고 있었다. 나도 그렇게 생각했다. 나는 이때 이미, 여기가 일본이 아닌 것 같은 기분이 들었다. 그리고 이 기분은, 나와 그 여자애가 이후 여기를 나가 호텔로 가서, 거기서 5일간 지낼 때까지, 쭉 이어졌다. 왜 이런 기분이 드는 건지 그 이유에 대해, 우리는 호텔 안에서도 몇 번 말했다. 하지만 여전히 잘 모르겠다. 퍼포먼스를 하는 게 외국인이어서만은 아니었을 것이다. 퍼포머들이 말한 얘기들 대부분은, 이제 곧 시작될 전쟁에 대한 것이었다. 이때 세계는, 부시가 이라크에 선언한 '타임아웃'이 시시각각 다가오는 것을 기다릴 수밖에 없던 때였다. 모두가 이제부터 무슨 일이 벌어질지 알고 있었지만, 아직 현실로 이루어지지는 않았을 때다. 그런 정황 속에 행해진 퍼포먼스인 것이다. 따라서 이 퍼포먼스의 의도는 적어도 하나는 명백했다, 전쟁에 대해 캐주얼하게 토론해보자는 것이다. 몇 사람이 마이크 앞에 서서 무언가를 말했고, 아무 말도 안 할 거면서 마이크 앞으로 걸어가, 딱히 하고 싶은 말이 있는 건 아닌데요, 그냥 마이크 앞에 서봤어요, 라고 말하고 고개를 숙인 채 비둘기 걸음마냥 자리로 들어간 사람도 있었다.

퍼포먼스가 어땠는지에 대해서는, 호텔 안에서도 몇 번이나 우리의 화젯거리가 되었다. 네 친구 통역하는 그 애도 마이크로 얘기했었잖아, 그런데 그때 아마 다들 지쳐서 아무도 얘기 잘 안 들어줬잖아, 불쌍해라 하고 내가 말하자, 그녀는 응, 근데 걘 늘 그래, 지금 분위기가 어떤지 그런 건 신경을 안 쓰거든, 그런 게 상관없는 애야, 원래 그런 애야 하고 말했다. 우리가 발길 닿는 대로 들어간 호텔방은 너무나도 싼 티가 났고, 그래도 뭐 좋았다. 벽지가 얼룩덜룩한 줄 알았는데, 원래부터 연한 핑크색이었던 것이 내 눈에 그렇게 보였다는 사실은 나중에 알았다. 그녀가 거기선 볼륨 있는 머리를 풀어 내렸기 때문에, 싹둑 사선으로 자른 앞머리는 사라져 있었다. 그만큼, 앞머리가 있었을 때의 평범한 인상과는 다르게, 이를 테면 얼굴이 약간 눈초리가 올라간 것처럼 보였다. 하던 얘기가 끝나거나, 꼭 끝난 것은 아니어도 대충 휴식 시간이 오면, 우리는 또 서로 달라붙어 몸을 포개었다.

우리는 그 호텔에서 4박을 했고, 5일째 되는 아침에 헤어졌다. 5일 동안 우리는 딱 한 번 시부야 거리로 나온 걸 제외하면 쭉 호텔에 틀어박혀 있었다. 방 안에 텔레비전이 있었지만, 우리는 한 번도 보지 않았다. 그러니까 그사이, 세계정세도 시부야의 날씨도 몰랐던 것이다. 섹스와 그다음 섹스 사이에는, 다들 그러는 것처럼, 둘이 이런저런 이야기를 나눴다. 그 이야기 전부를 떠올리는 것은 물론 불가능하다. 우리는 서로 이름이나 전화번호, 메일주소를 가르쳐주지 않았다. 자기 얘기—예를 들어 아르바이트하는 곳, 그곳에서의 인간관계, 험담 등—는, 거의 하지 않았다. 그 대신이었을까, 어린 시절 얘기를 많이 했다. 잠자리를 보낸 다음의 늘어지는 시간대, 특히 같이 잔 상대에 대해 잘 모를 경우라면 더욱, 어렸을 때 이야기를 많이 하게 되는 이유는 뭘까? 지금의 나에 대해 일절 말하지 않은 것은 의도적인 것이었는지, 자연스럽게 그렇게 된 것인지, 우리도 잘 몰랐다. 적어도 누구 하나가 말로 그렇게 하자고 제안한 것은 아니었고, 단순히 결과적으로 그렇게 된 것이었다. 하지만 아마, 우리에게 일종의 지

혜가 발동한 것일 거다. 어린 시절의 이야기란 얼핏 자신의 진짜 모습을 담고 있는 것처럼 보이지만 그 실상은 그렇지 않기 때문에, 어린 시절 이야기를 하는 것은 참 편리하다. 여태 나는 여자들과 잠깐씩 일탈의 시간을 가질 때 그런 식으로 보냈고, 그때 역시 마찬가지였다. 침대 위에서였다. 러브호텔 침대 시트의 붙임성 없는 느낌을, 나는 등으로, 그리고 특히 손바닥으로 느끼고 있었다. 보란 듯이 여러 차례 세탁한 흔적이 나는 구김살 없는 시트의 감촉은, 인간의 성행위에 대한 혐오 혹은 경멸이 드러나는 것 같다고, 나는 생각한다. 거기다 그것은 노골적이기까지 하다. 오히려 대놓고, 속을 까발려놓고 볼 테면 보라는 느낌이다. 그래서 나는 바로 이런 생각을 하게 된다. 이 침대는 어차피 혼자 쓰는 게 아니라 누구랑 같이 자는 침대니까, 시트가 다소 퉁명스럽게 굴어도 문제될 것은 없지 않냐며, 누가 나를 꿰뚫어보는 것 같다―대체 누가? 호텔 종업원 그리고 침대 시트가.

하지만 그 말은 맞는 말이다. 시트 말고 사람의 피부를 찾아 가면, 거기에는 온도가 있다. 두 사람은 아는 사람이나 친구 얘기, 아니면 자기 어렸을 때 이야기를 했다. 음악 이야기를 하기에는 둘의 취향에 교집합이 너무 없었고, 둘 다 바로 그 사실을 알아차렸기 때문에, 자연스레 그 얘기는 안 하는 걸로 했다. 영화나 만화 이야기를 하는 것이 낫다. 개인적인 이야기는 절대로 안 하는 것이 어느새 둘 사이 암묵적인 규칙이라도 된 것 같은 기적,

과도 같은 느낌이 들었다. 그게 기적이라고, 굳이 입으로 말하지는 않겠다고 굳게 마음먹었다. 바보 같아 보일지 몰라도, 말을 해버리면 무언가가 변질될 것 같아 겁이 났기 때문이다. 그것은 나한테, 혹은 우리한테 반드시 지켜야 할 소중한 규칙처럼 여겨졌다. 그리고 그것은 5일간 무사히 잘 지켜졌다.

지금 이렇게 끝이 나고 보니, 역시 잘한 일이었다. 내 얘기 같은 거 하지 않아도 할 얘기는 그런대로 있었다. 이를테면 그날 밤 퍼포먼스에 대해 우리는 생각나는 대로 말했다. 그 퍼포먼스에 대해서라면 얼마든지 말할 수 있었다. 그걸로 채워지지 않는 부분은, 섹스를 하면 그만이었다. 우리는 둘 다 말할 때 서두르지 않는 타입이었기 때문에, 대화의 속도는 자연히 느렸다. 서로 익숙해지면서 조금은 빨라졌지만, 그래도 많이 빨라지지는 않았다. 호텔로 가서 거의 그 안에서만 5일을 보내던 동안, 쭉 그랬다. 호텔로 가게 된 것도, 그런 얘기를 하게 된 것도, 미리 약속을 하고 그렇게 된 것이 아니었다. 자기에 대해 말하지 않았기 때문에, 딱히 둘이 각자 자기 기준에 맞춰 뭘 한 것도 없었다. 그렇지만 그냥 결과적으로, 화제가 안 끊겼다. 나는 그녀에게 말했다. 그때는 러브호텔의 침대 속, 한 차례 막 끝낸 탓에 완전히 말려 올라간 시트 위에서 우리는 나란히 누워 있었다. —나는 영어를 하나도 몰라서 실제로 어땠는지는 모르겠는데, 그 퍼포먼스가 뭐 내 나름대로는 굉장히 좋았어, 갑자기 그런 생각이 드네—정말로 나는 흥분해 있었다. 그 퍼포먼스는, 나에게 있어 평생 특별한 기억으로 남을 것 같았다. 막 하고 난 뒤였기 때문이기도 했고, 아무튼 나는 달아오른 솔직한 마음을 그녀에게 전하고 싶다는 생각이 들었다.

아니다, 어쩌면 그 얘기를 한 것은 호텔로 가는 택시 안에서였을지도 모른다—그렇다면 막 뒹군 뒤라서 그랬던 것이 아니라, 뒹굴고 싶어서 그 얘기를 꺼낸 것이 된다—아니면 라이브하우스에 있었을 때부터, 바 카운터 근처에서 우리가 그런 이야기를 이미 했는지도 모른다. 그날 밤 퍼포먼스는 내 몸속에서, 마치 바다에 간 날 밤의 여운으로 달아오른 기운이 몸에 남아 있을 때와 같다. 퍼포먼스는 끝이 난 상태였고, 라이브하우스는 전체적으로 밝아졌다. 전체적인 조명보다 바 카운터 주변만 조금 더 밝게 해놓았는데, 나는 거기서 그녀와 이야기를 했다. 조금 얘기하고 바로 정했다. 그대로 거기를 나와 호텔로 갔다. 그래서 같이 온 나머지 다섯이랑은 이날 더이상 얘기를 안 했다. 짐을 가지러 다섯 명이 뭉쳐 있는 곳으로 갔을 때, 간단하게 무슨 말을 했던 것 같은데, 그냥 그게 다였다. 밖으로 나와 곧바로 택시를 잡았다. 뒷좌석에서 연인처럼 손을 잡고, 우리는 시부야로 갔다.

퍼포먼스가 있던 라이브하우스의 분위기를 두고 외국 같다고 느낀 것은, 퍼포머들이 외국인이어서만은 아닌 것 같다고, 나는 그녀의 귓가에 대고 속삭였다, 할 정도는 아니고, 그런대로 작은 목소리로 말했다. 하지만 나는 이때 말도 안 되게 취해 있었기 때문에, 그 얘기를 당연히 제대로 정리해서 말했을 리는 없다— 안 취했을 때도 나는 그런 걸 잘 못한다—그래서 똑같은 부분을 몇 번이고 되풀이하는 식으로밖에 말을 못 했고, 그 똑같은 부분조차 정돈해서 전달했을 리 없었다. 그녀는 마른 체형에, 손가락도 가늘고 손바닥 살도 얇아서, 내 손가락과 손가락 사이에 껴 있는 감촉은, 뭐가 걸려 있는 것 같은 느낌이었고, 그래서 아주 약간 아팠는데 그 아픈 정도가 기분 좋았다. 나는 그것을 그녀의 손가락 존재 그 자체로 받아들이고는, 내 손가락을 움직여 앙상한 감촉을 확인하고 맛보듯 했다. 운전수에게는 안 보이도록 했다. 어쩌면 봤을 수도 있겠지만, 운전수는 그런 것쯤 안 보이는 척 잘 넘어가줄 만한 연배였고, 알아차린다고 해도 그건 안 보는 척을 너무 해서 다 알고 있다는 걸 역으로 들킬 만한 행동거지가 아니었다. 그만큼 그는 고도의 기술을 가진 사람이었고, 솔직히 말해 그런 거 들켜봤자 별로 상관없었다. 백미러 너머로 둘이 치근거리며 달라붙어 있는 것은 보였을 것이다. 나는 그녀의 스커트 속으로 손을 넣고 있었다. 속옷까지는 아니고, 스타킹 위로 허벅지를 만지고 있었다. 말없이 그러고 있다가, 택시 안 무전기 소리가 들릴 때, 그 소리를 듣고 있었다. 그때 내가 사로잡혔던 생각—그 라이브하우스에서 관객들이 마이크 앞에서 말한 일본어가 전부 이상하게 영어처럼 들렸던 것, 그리고

삼월의 5일간

왜 그렇게 들렸을까 하는 것, 외국인 퍼포머들이 영어로 얘기해서 그런 건가, 하지만 그게 그 이유는 아닐 텐데 등등 일련의 생각들—에 대해 머릿속으로 반추하며 스타킹을, 그 아래 살갗의 느낌을 예상하며 만지고 있었다. 그래도 너무 대놓고 만지작거릴 수는 없으니까, 손바닥을 그 자리에 올려놓은 상태로 있었다. 나는 나의 그 생각에 대해 그녀가 어떻게 생각하는지, 그러고 보니 듣지 못했다는 것을 지금 깨달았다. 내가 그녀에게 이 얘기를 해주었을 때, 왜 그녀는 아무 대답도 안 한 것일까. 말하려고 할 때, 아니면 내가 말하라고 했을 때 무슨 일이 일어나서, 성욕이 비집고 들어가거나 해서일까, 아무 기억도 안 난다. 게다가 지금은 이미 헤어진 지도 꽤 됐고, 우리는 앞으로 기가 막힌 우연이 아니고서야 결코 다시 만날 일 없이 각자의 삶을 마칠 것이다. 만약 그때 퍼포머가 일본인이었다면, 무대 위에서 똑같은 말을 하고 똑같은 행동을 해도 그런 분위기는 되지 않았을 거라고 생각한다. 이제 금방 시작될 것 같은, 아니다, 시작되는 것이 확실한 이 전쟁에 대해 캐주얼하게 발언을 할 수 있었던 그 퍼포먼스의 장소와 분위기를, 일본인끼리만으로는 만들어낼 수는 없다. 상상이 가지 않는 일이다. 만에 하나 일본인만의 힘으로 그런 분위기를 만들어냈다고 쳐도, 그런 억지웃음 같은 역겨움 속에는 절대로 들어가 앉아 있고 싶지 않다.

나와 그는 택시에서 내린 다음, 편의점에 들어가 물과 맥주를 샀다. 그리고 대충 그 근처에 있던 호텔을 골라, 아무 호텔이나 상관없었기 때문에, 그냥 들어갔다. 방에는 냉장고가 있었다. 그것만 있으면 충분했다. 우리 둘 다 피곤함을 닮은 취기가 올라, 마치 마비가 오는 것 같았다. 택시를 타고 어디서 내렸는지도 기억이 잘 안 난다. 역 앞에 있는, 늘 인간들이 바글바글거리는 그 교차로도 심야에는 정상적인 수준의 인파가 되니까, 어쩌면 그 근처에서 내렸는지도 모른다. 너무 도겐자카道玄坂 쪽까지 가서 내린 거면, 목적지를 대놓고 알려준 거나 마찬가지라 택시기사님 보기 민망하니까, 대충 교차로 근처에서 세워달라고 하고 최종 목적지가 어딘지 잘 모르게 했을 수 있다. 하지만 택시기사님도 그냥 아저씨이고, 우린 취했는데 들켜도 뭐 어떠냐는 생각에, 걷는 것도 귀찮고 해서 분카무라文化村 근처까지 갔을 수도 있다. 도큐東急백화점 건물의 정면이라고 해야 하나, 바로 건너편에 편의점 선쿠스Sunkus가 있다는 것을 나도 알고 그도 알았기 때문에 거기로 갔다. 맥주를 더 마시고 싶다고 그가 말했기 때문이다. 나는 알코올은 더 필요 없었다. 그가 자기 것만 500밀리리터 캔을 하나 샀다. 나는 에비앙 1리터짜리를 샀다. 그리고 초콜릿도. 나는 술에 취해서 자다 깨면 언제나 입안이 꺼끌거렸는데 그게 너무 쩝쩝하기도 하고, 감기에 자주 걸렸다. 꼭 그런 이유가 아니더라도 러브호텔은 어딜 가도 에어컨 상태가 안

좋아서 가만히 있어도 건조하다. 감기에 걸리기가 아주 쉬운 환경
이라, 물을 안 가지고 갔다가 격하게 후회했던, 그런 경험이 여태
까지 몇 번이나 있어서, 이를 방지하기 위해 그간의 아픈 기억을
떠올리며 아무리 술에 쩔어 있어도 물 사는 것은 잊지 않도록, 거
의 반사적으로 사도록 내 몸이 길들어져 있었다. 초콜릿은 그냥
내가 아주 좋아하는 거라 언제든 먹고 싶으면 먹으려고 같이 산
것이다. 방 안으로 들어가서 먹으려고 했는데, 안 먹게 되었다. 그
때 우리는 이제 막 만난 사이라, 방에 들어가자마자 옷을 벗기 시
작했고, 쉬지 않고 연속으로 몇 번을 했다.

초콜릿의 존재를 말끔히 잊어버릴 정도로 미친 듯이 한 건 또 아
니었지만, 그래도 어쩌다보니 먹을 타이밍을 놓쳤고, 결국 5일째
가 되어 거기를 나올 때 집에 가지고 갔다. 그리고 내 방에서 전
쟁 뉴스를 보면서 먹었다.

　　처음에는 줄곧 쉬지 않고 몇 번이나 연달아 했는데, 그래도 상
대방이 엄청 괜찮아보였기 때문에, 그럼 또 하지 뭐, 하는 일편단심
스러운 마음으로, 이건 정말 범상치 않은 전개다 싶을 만큼 무서
운 기세로 우리는 계속해서 섹스를 했다. 그러는 동안, 아무래도 그
가 힘들어했고, 그대로 잠이 들어버리길래, 나도―내가 내버려졌다
고 생각한 것은 아니었다―그럼 잘까 싶어서 잤다. 둘한테 다 굉장
히 평등하게, 두 시간 정도가 지났다. 하지만 그건 지나고 나서 보면

아주 짧은 시간이었다. 그가 눈을 떠 내 몸을 만지기 시작해 나도 잠에서 깼다. 나도 그를 만지고, 서로가 서로를 만지다가 그럼 또 다음 판 가볼까, 하는 흐름이 되었다. 우리는 그때 언제까지고 이것을 끝없이 반복할 생각이었던 것 같다. 그리고 실제로—끝없이, 까지는 아니지만—세 번인가 네 번, 다섯 번인가를 반복했다. 어느새 우리는 시간이라는 감각으로부터 멀어진 느낌에 다다르게 되었다. 시간은 우리를 늘 앞으로 앞으로 밀어 보내며, 여기서 아주 조금만 천천히 갔으면 좋겠다 해도 봐준 적이 없었기 때문에, 평소 기본적으로 아예 포기하고 사는 그 부분이, 지금 이 순간에는 특별히 허락된 것 같은 기분이 드는 것이다. 그런 감각은 몸속으로 조금씩, 또는 어느 틈에 들어와 있었다. 우리는 솔선하여 우리 스스로 그렇게 되도록 적극성을 발휘했고, 그리고 실제로 그렇게 되었다. 끝날 때마다 우리는 나란히 누워, 그 찰나의 몇 분간 천장의 얼룩을 보며 멍하니 있었고, 금방 다시 시작했다. 온전히, 이렇게 반복하며 우리는 이틀간을 보냈다. 몇 번을 반복했는지 세어본다는 생각조차 초월해버릴 때까지, 우리는 그러고 있었다. 러브호텔이니까 방 안에는 시계도 없었고, 시간 따위 알고 싶지도 않았다. 우리는 당연히 둘 다 전화를 가지고 있었다. 하지만 전원은 진즉에 꺼놨고, 나도 그랬지만 그도 자기 소형 배낭 옆에 있는 그물주머니에 넣어놓았다. 배낭 자체도 침대에서 제일 먼 곳에 보기도 싫은 존재라는 듯 놓았고, 그렇게 시간을 우리의 영역 밖으로 쫓아버린 채,

시간이 뭐더라? 싶을 때까지 가보기로 했다. 이제 와서 나는, 지금이 그때로부터 며칠 지났는지, 오늘은 며칠인지, 그런 것 다 몰랐으면 좋겠다고 생각하는 나 자신을, 냉정히 거리를 두고 바라볼 수 있다. 그리고 그때는 그런 상태로 있을 수 있었던 특별히 허락받았던 때라는 것을 잘 안다. 우린 창문도 시계도 없는, 텔레비전도 안 봐도 되는, 어린아이 꿈속과도 같은 방에 있었다. 같이 자고, 자고 나서 느긋해진다. 어느새 잠이 들고, 누가 먼저 잤는지 둘 다 모를 정도의 행복한 기적 속에서 짧은 잠을 잤다. 잠시 후 한 사람이 눈을 뜨고, 뒤이어 다른 한 사람이 눈을 뜨거나 먼저 깬 쪽이 자는 쪽을 깨우기도 한다. 그리고 또 섹스를 한다. 그런 반복을 아마도, 이틀간 온전히 우리는 계속하고 있었던 것이다. 물론 시계도 태양도 없는 세계에서 벌어진 일이라, 정말로 이틀간이었는지, 사흘이었는지, 그냥 하루 24시간밖에 안 되었던 건지, 정확한 것은 모른다. 그때의 우리는, 그런 걸 모른 채로 살 수 있었다.

하지만 곧 배가 고파졌다. 우리는 내내 아무것도 안 먹었다. 그래서 일단 밖으로 나가기로 했다. 러브호텔에서 그래도 되나 싶었지만, 프런트 직원은 전화로 시원하게, 아, 그러세요, 라고 말했다. 우리는 중심가에 있는 아무 가게나 들어가 뭔가 먹기로 했다. 며칠 전 바닥에 벗어 던진 모양 그대로인 옷을 주워 입었다. 호텔 현관으로 다가갈 때까지, 밤인지 낮인지도 몰랐다. 밤일까 낮일까 생각조차도 우리는 하지 않았다. 생각이 거기까지 미치지도 않

았다. 밖은 밝았다. 그리고 맑은 날이었다. 하늘을 올려다보니, 좌우로 건물들이 갈라놓은 좁은 틈 사이로 태양이 있었다. 하늘색은 뿌옇게, 구름과 똑같은 색을 띠고 있었다. 하지만 이 색이야말로 우리에게 있어 진짜 하늘의 색이다. 태양이 전에 봤을 때와 똑같은 모습을 하고 있어서, 이상한 얘기이지만, 살짝 옛날 생각이 났다. 우리는 분카무라 쪽으로 언덕을 내려갔다. 지나는 길에 이발소 텔레비전으로 '좋고말고 いいとも'가 방영되고 있었다. 지금이 마침 점심시간이구나. 우리 뭐 먹을까? 딱히 없으면, 평일 점심이니까 런치 뷔페 같은 거 먹을래? 우리는 중심가와 거기서 난 골목길 하나를 물색하며 여러 가게를 봤다. 하지만 결국 전부터 어떻게 존재는 알았던, 950엔짜리 인도 요리 뷔페에 들어갔다. 스크램블 교차로 바로 근처에 있는 가게였다. 예전부터 가보고 싶기는 했었지만, 아르바이트로 먹고 사는 처지에 950엔은 약간 비쌌기 때문에, 지금까지 가본 적은 없었다. 하지만 지금은, 가보는 것도 좋을 것 같았다. 뷔페면 먹고 싶은 만큼 먹을 수 있으니까 여기가 좋겠다는 결론이 나고, 거기로 들어갔다. 인도 카레는 어쩐지 최고 진미가 될 거 같아, 라고 그가 농담으로 말했다. 안에 들어간 우리는 그 농담을 진심으로 받아들였나 싶을 정도로 놀라운 기세로 먹었다. 게다가 둘 다 아르바이트로 먹고 사는 가난뱅이임에도 라씨가 너무 마시고 싶어서, 큰맘 먹고 250엔을 더해 추가로 주문했다. 맛은 보통이었지만, 나는 이때 그와 함께한 5일간을 일

상 모드가 아닌, 조금 다른 모드 속에서 보내고 있었다. 그건 호텔에서 언덕을 다 내려와, 평지인 시부야에서, 물 빠진 아주 넓은 수영장의 빛을 머금은 바닥을 걸어다니는 것 같은 기분으로 걸었을 때부터 느꼈던 것이다— 그런데 그건, 호텔에 있을 때부터 느꼈는지도 모르고, 며칠 전 라이브하우스 안에서 그런 느낌의 새싹 같은 것이 솟아났는지도 모른다—나는 언제나와 다를 것 없는 시부야를, 마치 여행지의 거리를 다닐 때처럼 걸었다. 나도 물론 그것이 신기했다. 하지만 실은 이때 나는, 신기하다고 생각함으로써 그 모드가 사라져 원래의 상태로 돌아가면 어쩌나, 조금 걱정이 되었다. 그래서 신기하다는 생각이 드는 것에 필요 이상으로 반응하지 않도록 했다. 그런데 잠시 그러고 있는 동안, 이 느낌은 의식한다고 쉽게 사라지는 어설픈 것은 아니라는 것을 알게 되었고, 그래서 더는 그것에 그렇게 민감하게 굴지 않았다. 나는 5일간을 마지막까지 이 모드로 보낼 수 있었다. 아주 운이 좋았다. 아마 내 인생에서 이만큼 운이 좋은 일은 더 없을 거다. 진짜로 그렇다. 솔직히, 이 모드가 내 안에서 사라졌을 때, 그 직후부터 며칠간, 나는 최악의 기분을 맛봐야 했다. 하지만 그렇다고 해서, 이 모드로 살 수 있었던 5일간의 일까지 부정해버리거나, 싫은 과거로 만들어버린다면 그것은 옳지 않은 것이고, 그럼 너무 분하니까 그렇게 생각하지 않으려 노력했다.

나는 내가 지금 이런 식으로, 여행 중인 것 같은 모드로 살 수 있는 이유가 무엇인지, 내 의식 속 한편에서, 아주 작은 곳이긴 하지만 그 한편에서, 생각했다. 그리고 대충 내 나름대로 답이라 할 만한 것을 찾은 것 같았기 때문에, 그에게도 그 얘기를 해주려고 했다. 하지만 그때 우리는 카레를 먹고 있었기 때문에 말하지 않았다. 호텔로 돌아와서, 또 두 번인가 세 번 섹스한 다음, 그다음 회가 시작하기 전까지의 쉬는 시간에, 나는 그 이야기를 했다. 카레를 먹는 동안은, 다른 얘기를 했다.

호텔로 갈 때는 다른 길로 가서, 중심가는 지나지 않았다. 일단 교차로로 나와, 거기서부터 '109'로 건너가 보도를 따라 걸어갔다. 중간에 교차로에서 신호를 기다리던 우리는 시위대가 지나는 것을 보았는데, 그때 '츠타야ツタヤ'가 있는 건물 상부 높이 달려 있는 커다란 영상—'이 주의 랭킹' 상위곡들의 뮤직비디오 영상이 소리 없이 번쩍이고 있고, 점점 더 높은 순위의 곡으로 바뀌어갔다—의 바로 아래 한 줄로 들어간 전광판 자막뉴스에 분명 "바그다드로 순항미사일 국지 공중폭격 개시" 같은 글자가 지나가는 것을 보고, 아 진짜로 전쟁이 났구나, 하고 중얼거렸다. 태어나서 처음 두 눈으로 본 시위대는, 퍼포먼스 때 외국인이 말했던 것처럼, 정말 폭이 좁았다. 행렬 안에 외국인이 있기도 해서, 두 사람은 그 퍼포먼스를 봤던 며칠 전의 밤이 저절로 떠올랐다. 행렬을 만든 사람들이 서서히 걷는 데에 휩쓸려 그들과 함께 움직이는

그 공기는, 예상 외로 고요한 느낌으로 충만했다. 그것은 가까이서 보면 알 수 있는 것이었다. 최절정의 러시아워는 지난 오전의 전철 안과 크게 다를 것이 없다. 시위대가 그 마지막 줄까지 교차로를 전부 건넜다. 그리고 이제 아오야마青山를 향해 멀어져 갔고, 우리도 이제 호텔로 돌아가기로 했다—그렇다, '돌아간다'는 감각이, 이때의 나에게 어느새 반대가 되어 있었다. 평소의 나라면, 역이 있는 방향으로 가는 것이 '돌아가는' 것인데, 그때의 나는 도겐자카로 걸어가는 것이 '돌아가는' 것이 되어 있었고, 이 감각에 완전히 적응되어 있었다—시위를 구경한 것은 아주 잠깐에 불과했다. 그래서 우리 둘 다 시위에 대해서 잊은 것은 비교적 금방이었다. 하지만 사소한 틈이 생길 때 그것을 떠올리게 되었는데, 예를 들어 아무 말 없이—습관적으로—서로를 핥을 때, 그 무위의 틈으로 빠져드는 식이었다.

우리는 거의 경사가 없는, 그래서 사실 평탄한 길이라도 해도 상관없는 보도를 끝까지 걷고, 길 건너에 '북 퍼스트'가 보이는 '돈키호테' 근처까지 와 있었다. 거기부터 제대로 언덕진 길을 잠시 오르자, 호텔까지는 금방이었다. 다시 방으로 들어갔을 때, 나간 지 불과 두 시간밖에 안 지났는데도, 상당히 긴 시간 비워놓은 것 같은 기분이 들었다. 그때, 나는 그 방에 그립다는 말로밖에 설명할 수 없는 감정이, 내 안에서 생기고 있다는 사실을 직관적으로 느꼈다. 그리고 굉장히 놀랐다. 그러고 있는 동안에도 그 감정은,

순식간에 자라나 눈 깜짝할 사이에 내 안에 가득 차버렸다. 정이 들었다는 감정이, 지금처럼 순식간에 생길 수 있다는 것을, 나는 이때 처음으로 체험했다. 이 감정은 그후, 아주 약하기는 해도, 계속 나를 맴돌았다. 그리고 더 성가시게도, 나에게 우수와도 같은 감정을 끌어들였다. 이후의 나는 그것으로부터 도망칠 수 없었다. 하지만 너무 사로잡히지 않도록, 최대한 노력은 했다. 그런 의미에서 섹스도 했다. 조금 전부터 그가, 자기 성기 바로 옆, 다리가 시작되는 양쪽 경계를 손바닥으로 세게 누르는, 그런 동작을 막 시작하는 것이 보였다. 처음에 나는 그것을, 정반대의 의미로 해석했다. 조금 뒤에서야 겨우, 아, 아니구나, 반대구나, 지금 따끔거리고 얼얼해서 누르는 거구나 하고 이해했다. 문지른 부위에 자신의 감각을 집중시키도록 그는 가끔 눈을 감았는데, 그것을 보고서야 알았다. 나는 그럼 이제 그만할까? 하고 말하는 편이 좋을지 모른다. 하지만 만약에 그렇게 말하더라도 그는 아마, 아니야, 됐어, 괜찮아, 할 것이기 때문에, 그것 때문에 끝나는 일은 결국 생기지 않을 것이다.

호텔로 와서, 카레와 요구르트 맛이 남아 그 냄새를 머금은 동지끼리 키스하고, 핥기도 했다. 재미있었다. 간헐적인 섹스를 다시 시작했지만, 페이스는 전보다 훨씬 느렸다. 둘 다 이제 지겨워졌기 때문이다. 나이를 먹은 기분이 들었다. 여기로 돌아와서, 섹스와 섹스 사이 두 사람이 이야기를 나누는 시간은 훨씬 길어졌다.

둘이 그때까지 공유한 시간이 어느 정도 축적된 만큼, 얘기를 하는 게 더 재미있어졌기 때문에 그렇게 된 것일지도 모른다—물론, 한 사람과 몸을 섞는 데에 단지 싫증이 난 것일지도 모른다—방으로 다시 들어온 다음 둘이서 얘기를 통해 이 관계를 2박만 더 유지하기로 했다. 앞으로 2박 남았다는 것은, 토털 4박 5일로 끝내자는 것이 된다. 5일이면 깔끔하게 떨어지는 것 같아 좋은 것 같아, 우린 그렇게 하기로 했다. 둘 다 그 정도가 한계였다. 슬슬 돈도 바닥난다. 지금 바로 호텔을 나가야 될 정도는 아니었다. 나는 이땐 아직 만 엔짜리 몇 장은 가지고 있었다. 하지만 그는 애초에 돈이 없었다.

이 방에 막 들어왔을 무렵과는, 성행위의 방식도 페이스도 전혀 달랐다. 처음 고조되던 것은 진즉 없어졌고, 그 대신 이제 곧 이 러브호텔에서 보낸 나날들이 끝나버린다는, 감상 혹은 후회하지 말자는 마음이 묘하게 계산을 하게 만들어 억지로 하는 듯한 느낌으로 페이스를 유지하고 있었다. 하지만 그런 기분으로는 역시 뻔한 일이었다. 처음 했을 때와는 비교도 안 될 만큼 우리 둘은 인터벌을 두었다. 그럼 텔레비전을 보거나 해서, 시간을 조금 더 쉽게 죽이면 되었을지도 모르는데, 그가 말했다—이건 그냥 내가 마음대로 추측한 건데, 아마 이제 며칠 있으면 우리 호텔을 나가서 헤어질 거잖아. 그럼 내가 예상하기로는, 그때는 전쟁도 아마 끝이 나지 않았을까 싶어. 내가 너무 쉽게 보는 건가? 그런데 아무리 생각해도 힘에서 분명히 차이가 나잖아. 걸프전 때도 한 번에 핀포인트 공격해서 바로 끝났고—그때도 우리 둘은 나란히 누워 천장에 있는 얼룩을 보고 있었다. 그러나 그때쯤 얼룩 위치는 이미 우리에게 완전히 친근해졌고, 그 말은 다시 말해, 조금씩 이 방에서 나가고 싶어졌다는 것을 의미하는, 조짐이었다.

그가 말했다—야, 우리 진짜 이 호텔 와서 한 번도 텔레비전 안 봤는데, 너 그거 알았어? 지금까지 오로지 그것만 해서 그런 거 같은데. ……그런데, 여기까지 왔으면 끝까지 텔레비전 안 보기로 하면 어떨까 싶거든. 어떻게 생각해?—음, 좋아, 하고 그녀가 말했다—진짜? 그럼 그렇게 하자. 나 실은 이거 호텔 와서 첫날부터 바로 말하려고 했었거든. 실제로 말은 안 했지만. 그런데 결과적으로 이렇게까지 결국엔 우리가 텔레비전을 안 봤으니까, 뭐 된 거지. 음, 전쟁이 어떻게 돌아가고 있는지 지금 우리 하나도 모르잖아. 그러니까 어차피 이렇게 된 거, 호텔 나갈 때까지 뉴스 안 보고 있어 볼래? 호텔 나가서 헤어지고, 우리 다 각자 자기 집으로 갈 거 아냐. 그리고 각자 평범한 일상을 다시 시작하겠지? 그때 오랜만에 텔레비전을 켤 거 아냐. 인터넷도 할 거고. 그때 앗, 뭐야, 벌써 전쟁 끝났잖아, 그러는 거야. 내가 생각하기에 이런 반전 시나리오도 괜찮을 거 같거든, 어때? 전쟁이란 게 막상 시작하면 의외로 금방 끝

나는구나, 그러는 거지, 그럼 결국, 결과론이지만 그걸로 좋은 거 아니야? 그러는 거지. 우리 둘 다 그런 생각을 같이 있을 때 하는 게 아니라, 각자 따로따로 있을 때 하는 거야. 자기 방에서 텔레비전 보면서, 아니면 인터넷 보면서. 그러면서 거 봐라, 내 말대로 됐지, 하는 거지. 혼자서 은밀하게 미소를 지으면서. 그리고 자기도—그가 '자기'라고 소리 내어 말하지는 않았지만—아, 정말 걔가 말한 대로 됐네, 그러겠지. 그리고 어? 그럼 혹시 전쟁 난 동안 계속한 거야? 이게 말이 돼? 어쩌면 우리가 러브호텔에서 이렇게 파이팅 넘치게 사랑을 나누는 동안 전쟁이 터지고, 심지어 끝났단 말이야? 이럴 수도 있어. 러브 앤 피스가 아니라 섹스 앤 워? 뭐 그런 거지. 나 지금 무슨 말 하는 거니. 그런데 이렇게까지 생각하니까, 꼭 우리가 역사랑 엮이는 거 같네. 이거 죽기 전에 생각날 가능성이 아주 높겠는데? 그런 추억이 될 거 같은데. 안 그래?

우린 또 했다. 그러나 이때에는 그의 페니스가 닳고 닳아, 사정할 때 광대뼈 부근까지 맛이 간 것 같아 보이기까지 했다. 그러나 그는 아직 말을 아끼고 있었다. 조금만 더 참자고 생각했기 때문이다. 다음 인터벌 때 주로 얘기한 건 그녀였다. 그는 사타구니를 은근슬쩍 문지르며, 그 이야기를 들었다. 그녀는 지금 자기가 여행 모드 같은 느낌에 사로잡혀 있다는 걸, 오른쪽 장딴지를 잡고, 그대로 다리를 천장 쪽으로 길게 뻗으며 말했다. 외국의 거리를 여행 다닐 때 맛보는, 일상의 감각을 불러오지 않고 있을 수 있는 며칠간의 느낌. 그것을 어쩐 일인지 지금, 그런대로 친숙하고 익숙한 시부야에서도 맛볼 수 있다는 것에 대해, 그녀는 단어를 하나하나 골라 줍듯이 말을 했다—방향이 원인인가, 방향이 평소랑 달라서 그런가 싶어. 내가 무슨 말 하는 건지 알겠어? 방향이 다르단 게 무슨 말이냐면, 평소에 시부야 올 때는 역에서 내리잖아. 그럼 예를 들어서 도겐자카 쪽으로 걸어올 거 아냐. 그래서 집에 갈 때는 이쪽에서 역을 향해 갈 거 아냐. 그치? 그러니까 평소에는 이쪽에서 시부야 역으로 가는 방향이 집으로 가는 방향이잖아? 그런데 지금은 "그만 돌아가자" 하고, 그렇게 말해놓고 걸어가는 방향이 역에서 호텔 방향이잖아. 그러니까 평소 방향이랑 반대인 거야. 그게 원인인가 싶다는 말이야. 그런데 정말 그럴까?—그녀는 이야기를 하면서 가끔씩, 다리를 바꿔 길게 뻗었다. 그것을 보며 그가 말했다—지금 우리가 하고 있는, 생활이라고 해야 되나? 삶이라고 해야 되나? 아무튼 그런 게 있잖아, 툭 까놓고 말하면, 평생 이러고 사는 건 정상적으로 생각해봤을 때 불가능하단 거 알지? 슬슬 우리 이제는 현실에 눈을 떠야지, 안 그럼 안 될 것 같아. 돈도 없고. 근데 우리 언제까지 이거 계속할 수 있을까? 그거 정해야 될 것 같은데, 안 그래? 언제 끝낼까? 우리 만나서 갑자기 이렇게 되고, 아니 뭐 그건 좋은데, 그런데 아무튼 돈 말이야, 그런 얘기 하자는 건 아니고, 그런데 해야 될 것 같아서—.

그러고 나서 남자가 말을 계속했다—실은 나 돈이 말이야, 지금 가지고 있는 게 2천 엔 정도밖에 없거든. 기가 막히지? 응. 그런데 은행 가면 알바비 남은 게 꽤 있어, 3, 4만 엔 정도는 있을 거 같거든. 나 아르바이트 하는 데가 20일 정산에 입금이 월말이거든, 지금이 딱 제일 힘들 시기야—둘은 오늘을 포함해서 호텔에 머무르는 것을 앞으로 3일간으로 하자고, 바로 이때 정했다—앞으로 3일, 앞으로 2박 3일, 그럼 모레네, 모레가 되면 여기를 나가 각자 살고 있는 곳으로 돌아가자. 그때쯤이면 전쟁은 끝났으려나—남자가 그렇게 말하자—그거 꼭 오늘 축구 일본이 이겼나, 막 그러면서 결과 모르는 상태로 집에 들어가 뉴스 볼 때 조금 두근두근하는 것 같은 느낌이다—하고 여자가 말했다.

이 관계를 5일간으로 끝내자고, 이런 얘기를 누가 먼저 했는지 모르겠다. 남자가, 그런데 별로 나랑 이제부터 뭐, 앞으로 쭉 뭐 그런 거 생각한 건 아니지? 하고 여자에게 물었다. 남자는— 아니, 진짜 솔직히, 응, 그래도 되니까, 어차피 피차 마찬가지니까 말해보자—하고 말했다. 응, 응, 하고 여자는 말했다. 눈물 안 나는 가짜 눈물샘이 확 열린 듯한 상쾌함이 들었다. 한 번, 두 사람이 그때 응, 이라고 말하는 목소리가, 물론 단순히 우연이었지만, 완전하고 완벽하게 겹치는 때가 있어서, 일종의 기적처럼 느껴졌다. 너무 딱 맞았기 때문에, 둘 다 그것을 가지고 농담 섞어서 언급조차 할 수 없었다. 그래서 아무 일도 없었던 것처럼

그냥 흘려보냈다. 그리고 남자는 또 이야기를 시작했다―별로 지
금 우리, 이런 관계가 앞으로, 예를 들어서 영원히 엮이지는 않을
거 아니야? 그런데 내가 생각하기에는, 영원한 관계가 더 위 랭크
이고, 랭크가 올라가면 둘이 영원히 맺어지고, 그런 거는 아니니
까 이 관계는 그렇게 안 되거나, 그렇게 못 되거나, 절대 그런 문
제가 아니라는 거지. 내 말 무슨 말인지 알지? ―여자는 알지, 라
고 말했다―응, 그런데 그거 되게 운 좋다, 아닌가? 5일 동안 같
이 지낸 상대가 마침 이런 걸 알아주는 사람이라는 건 스페셜한
일 같은데. 이런 거 말 한다고 다 알아주는 건 또 아닐 테니까,
진짜 완전 스페셜한데?― 은 개뿔 , 까놓고 보
면 그냥 둘이 그 짓만 한 거면서, 그러면 할 말 없지만―두 사람
은 이제 시계를 봐야만 했다. 그 전에 한 번 섹스를 했다. 이런 기
분으로 하는 것은 처음이었다. 이 일을 마치면, 이제 더는, 지금
그러던 것처럼 시간을 모르고 산다는 것은 허락받지 못하게 된
다. 남자는 5일간 쭉 방구석에서 미움이라도 산 듯 놓여 있던 배
낭 옆구리 그물주머니에서 전화를 꺼냈다. 전원을 켜고, 시간을
확인했다. 영원토록 어긋나길 바랐던, 마음을 허락받은 특별한
시간의 끝이 시작되었다. 액정에는 오후 3시가 표시되었다. 생각
보다 아직 유예기간이 있었다. 이제 마지막 아침을 맞이할 몇 시
간 정도가 남았기 때문이다. 시각을 확인하고 남자는 전원을 껐
다. 의외로 시간이 남아 있었기 때문에, 평범한 섹스를 간헐적으

로 몇 번 더 했다. 여자는 남자가 사타구니를 아파한다는 것이 신경 쓰였지만, 괜찮다고 남자가 말한 뒤에는 그 생각을 하지 않았다. 그렇게 해서 두 사람은, 다음 날 아침까지의 시간을 보내고, 가버리는 시간을 어쩔 수 없이 바라보면서, 하고, 끝내고, 다시 시작하기 전까지의 틈새에서, 남자가 벽과 이어진 하얀 대리석을 본떠 만든 플라스틱 베갯머리에 올려놓은 휴대전화를 손에 쥐듯 집어 들었고, 전원을 켜 확인하고는 다시 껐다. 끝이 보이는 이 시간의 진행을, 지금 빠르다고 느끼는 건지 느리다고 느끼는 건지도 잘 몰랐다. 흐름으로 보면 느리지만, 첫 번째가 끝나면 그것은 양보 없이 다음으로 스킵해 간다. 그리고 몇 번째인지 하고 있는 동안 아침을 알리는 시각이 되었다. 8시를 조금 넘었다는 표시가 떴다. 벌렁 누워서 팔을 뻗어 전화기를 천장에 치켜들고, 얼굴을 맞대고, 콜론 옆에서 초가 바뀔 때마다 숫자가 점멸하는 모습이나 분 표시가 몇 번 바뀌는 것을 봤다. 이젠 나가야 할 때다. 옷을 입고, 나갈 준비를 시작했다. 채비는 순식간에 끝나버렸다. 남자가 NTT 시보 번호로 전화를 걸었다. 전화에 귀를 대고 소리를 들었다. 당연히 시계에 표시된 그 시각을 알려주었다. 하지만 표시된 숫자만 봐서는 아무래도 믿기지가 않았던 것이다. 문을 열고 밖으로 나왔을 때, 여태 느낀 것 중 가장 강하게, 무언가가 끝나는 것 같은 기분이 선명하게 덮쳐왔다. 여자가 숙박요금 전부를 프런트에 내고, 밖으로 나왔다.

햇살이 눈부셨다. 숙취 때 두통과 같이, 빛이 내리꽂혀 눈이 아팠다. 둘은 걸었다. 중간에 있는 은행 ATM이 8시 45분에 열기 때문에, 그 시간을 계산한 뒤 호텔에서 나온 것이다. 어디 은행에서 뽑을 거야? 하고 여자가 묻자, 남자가 호쿠리쿠北陸은행, 이라고 대답했다. 그런 은행이 시부야에 있다니, 여자는 몰랐다. 호쿠리쿠은행은 롯데리아와 한 건물에 있었다. 남자가 돈을 뽑는 사이, 여자는 밖에 기다리고 있었고, 잠시 후 남자가 와서 자, 하고 말하더니 손에 들고 있던 2만 엔을 건넸다. 2만 엔 아니야, 더 줘, 라고 여자는 말했다. 계좌에 들어 있는 돈이 이것밖에 없어, 남자는 2만 엔을 뽑은 뒤 잔고표시가 두 자리 숫자밖에 없는 명세서를 여자에게 보여주었다. ◁◁◁◁◁◁◁ 둘은 시부야 역까지 같이 걸었다. 한 명은 도요코東横선을 타고, 또 한 명은 야마노테山手선을 타야 했다. 자, 그럼, 그러고는 헤어졌다. 여자는 그와 헤어진 후, 곧바로 전철을 타고 싶지는 않았다. 이대로 전철에 타서 시부야를 떠나면, 지금 느끼는 이 시부야—분명 아는 곳이지만 잘 모르는 거리—같은 모드가 사라져버릴 거고, 그럼 두 번 다시 되돌릴 수 없을 거라고 정확히 예감하고 있었기 때문에, 여자는 조금 더 이 느낌을 물고 늘어지고 싶어서, 아직 이곳을 떠나고 싶지 않았다. 하지만 아주 잠깐만 이러고 있기로 정했다. 잃어버린 물건을 찾으러 되돌아갈 때처럼, 여자는 방금 온 길을 돌아 조금 전까지 살았던 도겐자카를 향해 걸었다. 어쩌면 한 번 역까지 갔다 오는 것이기 때문에, 이미 벌써 조금 전까지 있었던 모드가 자기 몸에서 사라졌을지도 모른다고 걱정했지만, 아직은 괜찮았다. 분카무라 건물의 모서리를 어깨로 스치듯 돌아, 둘이 있던 호텔이 올려다보이는 언덕 기슭까지 되돌아갔다. 언덕길 표면은 아침 햇살을 받아 언 땅처럼 보였다. 아침 쓰레기의 냄새가 났다. 양옆으로 전신주가 서 있었다. 여자가 보기에 길 왼쪽, 한 전신주 옆에 커다란 플라스틱 통이 놓여 있었고, 그 통 옆에는 크고 검은 개가 있었다. 개는 몸을 앞으로 숙여 쓰레기통에서 넘쳐 땅에 떨어진 것을 콩콩 헤집는 것처럼 보였다. 그런데 자세히 보니 그게 아니었다. 여자는 사람을 개로 잘못 본 것이었다. 개의 머리라고 생각했던 부위는 사람의 엉덩이, 그것도 발가벗겨진 엉덩이였다. 여자는 노숙자가 똥을 누는 것을 보고 있었던 것이다. 그 사실을 깨닫고 구역질이 난 것과, 여자가, 라기보다는 여자의 목이 "아" 하고 소리를 낸 것은, 거의 동시였다. 그 소리를 듣고 노숙자가 구부정한 자세를 한 채로 그대로 이쪽을 봤다. 그 모습은, 날카롭게 돌아본다기보다는 바람소리를 들으려는 듯 부드러움이 느껴지는 동작이었다. 여자는 되도록 무지건조하게, 어디선가 바람소리가 들려오는 척하며, 억지로 몸을 비틀 듯 어깨를 직각으로 틀었다. 여자는 분카무라 쪽 길을 따라 쇼토松濤 쪽으로 걷기 시작했다. 금방 종종걸음이 되었다. 분카무라 안에 화장실이 있는 것은 알고 있었다. 하지만 문을 열기까지는 아직 한참 멀었다. 다른 화장실은 몰랐기 때문에, 어디 문을 연 가게 같은 것이 없나 찾아봤지만, 찾지 못했다. 애초에 못 찾을 것 같다고 생각하고 찾은 거라 별 수 없었다. 급기야 속을 게우고 말았고, 길바닥에 토사물을 흩뿌렸다. 그건 사람이 똥을 누는 광경을 목격했기 때문이 아니라, 인간을 동물로 잘못 본 그 몇 초가 자신에게 있어 실제 존재한 시간이라는 것이 역겨웠기 때문이었다. 그걸 깨닫자 토했고, 토하고 나서 마음이 진정될 때까지 긴 시간이 필요했다. 자기와는 상관없는 것이라는 척하며 토사물에서 조금 떨어져 서서, 마음이 평정을 찾기를 기다렸다. 옷에 조금 묻고 말았다. 역으로 가서 개찰구를 빠져나갔다. 역 안에 있는 화장실에 들어가 두루마리 휴지로 옷을 닦을 때, 여자의 시부야는 이미 없었고, 늘 언제나의 그 시부야로 돌 아 와 있었다.

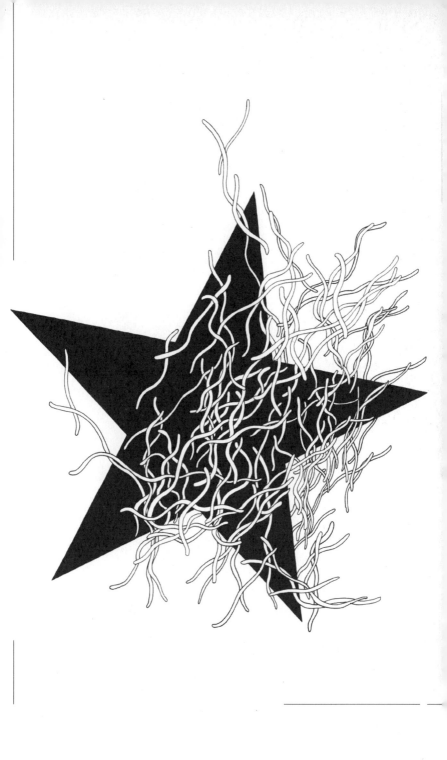

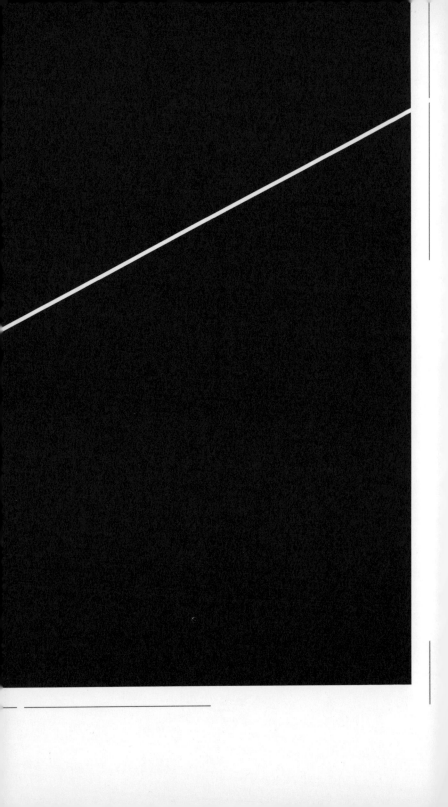

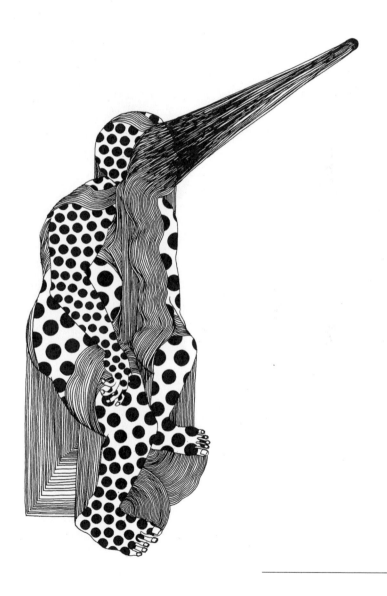

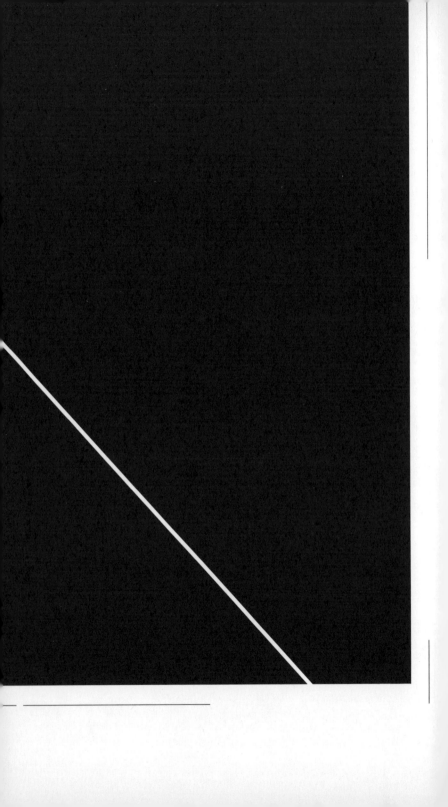

내가 있는 여러 장소들

わたしの場所の複数

휴대전화가, 이불 위에서 공상을 하다 옆으로 누워 계속 몸을 웅크린 자세로 자고 있는 내 복부와 대퇴부 사이로 보이는 위치에서 굴러다니는 중이었기 때문에, 그때의 내 모습은 알을 하나 품고 있는 것 같아 보였다. 이때 내 머릿속에는, 지금 듣고 있지는 않지만 평소 자주 듣던 음악, 그중에서 지극히 일부인 짧은 소절이 맴돌고 있었다. 딱히 재생을 멈출 이유가 있는 것도 아니어서, 음악은 아까부터 계속 반복되고 있었다. 오늘은 평범한 금요일이었다. 하지만 난 아르바이트를 쉬기로 했다. 아무것도 하고 싶지 않았기 때문이었다.

이때까지 속으로만 그렇게 정했을 뿐, 아르바이트하는 곳에는 아직 말하지 않았다. 내 몸은 그럭저럭 사각형 모양을 유지하

내가 있는 여러 장소들

고 있는, 주름이 많은 하얀 시트 영역 안에, 의외로 정확히 들어가 있다.

내가 지금 머릿속에 떠올리고 있는 음악은, 남편이 친구 나카키도仲木戶 씨가 추천해줘서 빌려왔는데, 들어보고는 별로 느낌이 확 오지 않아 더 들을 생각도, 리핑할 생각도 없다는 걸, 결국 내가 마음에 들어서 자주 듣게 된 것이었다.

그때 내 왼손은 앞머리를, 마치 그 두께를 가늠해보듯 만지고 있었다.

아침이었다. 이불은 매우 얇고, 거기 묻은 간장 얼룩인지 뭔지 때문에 이미 상당히 더러웠다. 이건 이제 와 세탁한다고 지워질 그런 종류의 얼룩은 아니었다.

대략 새벽 2시 정도(정확한 시각은 휴대전화 착신내역을 보면 알 수 있다. 하지만 지금은 확인할 마음이 안 들어서……)에 와카바야시若林 씨라고, 남편의 지인일지도 모르지만 난 전혀 알지 못하는 사람한테서 가 와 있었다. 이제 곧 나카키도 씨의 1주기이니 모두 모였으면 좋겠는데 어떠냐는 문자였는데, 무슨 과정을 거쳤는지, 나에게, 어쩌면 남편에게 간 것이 아니라 나한테, 아니면 남편뿐 아니라 나한테도 온 것이었다. 나는 마침 깨어 있어서 그 문자가 왔을 때 바로 읽었다. 그리고 슬픔은 아니지만 어떻게 해야 좋을지 모르겠다는, 굳이 말하자면 불쾌한 기분이 들었다. 남편은 나에게 나카키도 씨에 대해, 아무 말도 한 적이 없었다. 그래서 난 문자를 받기 직전까지, 나카키도 씨가 그냥 지금도 잘 살고 있겠거니 했다.

남편은 오늘 분명 아침 6시 정도까지 24시간 여는 패밀리 레스토랑 조리실에서 심야 아르바이트를 했을 것이다. 그러니까 지금은 일을 마치고, 10시인가 11시에 시작하는 다음 아르바이트 전까지 어디서 빈둥거리고 있을 시간이었다. 밥을 먹고 있을 수도 있고, 잠시 눈 좀 붙이고 있을 수도 있었다. 남편에게 문자를 보내볼까 싶어졌다.

그런데 내 손은 그 순간 딱히 움직이지 않았다.

내 머릿속에서는 아직 음악이 반복 재생되고 있었다. 내 왼팔은 어깨에서 팔꿈치까지, 바닥에 깔려 있는 시트와 맞닿아 있었다. 창문 쪽을 똑바로 보고 있던 것은 아니지만, 창으로 들어오는 빛이 강렬할 뿐 아니라 유백색이라는 사실을, 조금 전에 그것을 봐서 아는 건지 보지 않고도 느낀 건지, 아무튼 난 알고 있었다.

쓰레기 수거차의 멜로디가 저 멀리 밖에서 들려오고 있었다. 만약에 지금 바로 일어나 혼신을 다해 달려가면 아마도 늦지 않을 거라고, 난 이 순간 어렴풋이 알고 있었다. 그렇게 해서 늦지 않았던 적이 전에 한 번인가 두 번 있었다. 하지만 난, 오늘의 나는 이대로 쓰레기를 내놓지 않을 걸 이미 알고 있었다. 몸을 일으키겠다는 마음이 들 턱이 없었다.

내가 있는 여러 장소들

예전에 한두 번, 수거하는 사람들이 작업을 마치고 막 차에 타려다 멀리서 샌들 바람으로 발을 질질 끌며 달려오는 나를 보고, 일부러 기다려줬던 적이 있다.

휴대전화 진동이 온 것 같았다. 나는 반사적으로 그것이 남편이 보낸 거라고 생각했다.

내 휴대전화는 빨간색이라, 이렇게 굴러다니면 꼭 좌우로 회전하는 미니카 중에서도 스포츠카로 오인하는 사람도 있겠다고, 나는 순간 생각했다. 그런데 이런 생각을 한 것이 처음은 아니고, 지금까지 몇 번 그런 적이 있었다.

진동은 결국 착각이었다. 난 컴퓨터 케이스를 쓰다듬었다. 어째서 나는 이미 완전히 날이 밝은 지금 같은 때에, 꺼림칙한 기분을 느끼는 일 없이, 저 태양도 나만을 위해 떠 있는 것이 아니라고 하며 그냥 넘길 수 없는 걸까? 방 안에 자욱한 응달의 느낌은, 표면이 녹기 시작해 모서리가 둥그스름해졌지만 다 녹지 않고 *뎅구르르* 남아 있는 얼음 덩어리와 비슷하다.

진동이 오면, 나는 언제나 진동 오기 몇 초 전부터 그것이 진동하리라는 것을 미리 알고 있었던 것 같은 기분이 든다.

와카바야시 씨의 것 다음에 온, 아직 읽지 않은 문자가 두 개 있었는데, 이제야 그것들을 봤다. 그중 하나는 엄마한테 온 것이었다. 문자가 온 시각이 새벽 4시로 되어 있었다. 나는 그것을 확인하고, 그리고 문자를 읽는 동안에도 몇 번이고 머리를 옆으로 흔들며 머리카락이 방해가 되지 않도록 했다. 하지만 원하는 상태로 되지 않았고, 결국 최후의 수단으로 이마 언저리에 불쾌하게 남아 있는 앞머리 여러 가닥을 손으로 넘겼다.

오래전 친정에 들렀을 때, 깜빡하고 카디건을 놓고 왔었다. 문자는 그것을 가지러 오라는 내용이었는데, 엄마는 이번까지 합쳐 분명 세 번이나 그 말을 되풀이한 것이었다. 어쩌면 네 번째인지도 모른다.

반원 모양으로 된 술이 달린, 평범한 베이지색을 띤 카디건이다. 옅은 보라색이었는지도 모르겠다. 엄마는 그 카디건을 우편이나 택배로 보내주겠다는 말은 한 번도 안 했다. 언젠가 한번 계절상 요즘은 별로 안 필요하다고 답장을 보냈다. 그때는 여름이었는데, 지금이 2005년 9월이니까 대략 1년 전에 나눈 대화라는 말이 되는데, 엄마는 지금 같은 한여름에 오히려 냉방이 센 장소에 있으려면 필수품이라는 식으로 문자를 보내왔다.

냉장고가 작동하면서 내는 조용한 소리가 마치 생물체의 기척처럼, 냉장고는 방에 엎드려 누운 내 몸뚱이 옆에 있는 창문을 정면으로 마주하는 건너편 벽에 붙어 있는데, 서서히 들려왔다. 지금은 그 소리가 평소보다 볼륨이 커지기라도 한 듯, 나의 의식 속으로 마구 다가왔다.

부엌 싱크대 아래 있는 수납부의 문 앞에, 지금 내 위치에서는 보이지 않지만, 한참 전에 남편이 마신 걸 내가 치운 500밀리리터짜리 빈 발포주(맥주보다 싸고 품질이 떨어지는 술―옮긴이) 캔 두 개가 나란히 놓여 있었다.

아까와 같은 노래의 한 소절이 어느샌가 또다시 내 머릿속에서 반복을 시작했는데, 이때 나는 와카바야시 씨라는 잘 모르는 사람의 문자가 갑자기 환기시킨 나카키도 씨의 그 일로부터는 이미 자유로워져 있었기 때문에, 그것을 그냥 가만히 듣고 있어도 아무렇지 않았다. 그래서 나는 잠깐 동안 머릿속에서 그 소절이, 그것도 나도 모르는 사이 사라졌었다는 사실에, 약간(정말로 아주 약간이다) 놀랐다.

생각해보니 나는 작년 9월 이후로, 엄마한테 간 적이 딱 한 번 있었다. 엄마는 언제나 커피머신으로 한번에 커피를 많이 내려서 친정에 가면 난 늘 커피를 벌컥벌컥 마셨다. 그때는 무슨 영문인지, 카디건 얘기가 한 번도 화제에 오르지 않았다. 둘 다 그때는 카디건을 완전히 잊은 채 이야기만 했다. 나는 그냥 집으로 왔다. 그리고 다음 날, 그러고 보니 카디건 가져가지 그랬냐고 엄마가 문자를 보냈던 것이 지금 막 떠올랐다.

오른쪽 엄지발가락이 어느 틈에 둘째 발가락 위에 얹어져 있었다. 땀이 배어 피부가 끈적끈적해져 들러붙기 쉬워진 탓에 그렇게 된 것 같다. 난 왼쪽 엄지발가락도 똑같이 했다.

또다른 문자는, 친구 하나가 봉제인형을 빨아서 말리고 있는 모습을 사진으로 찍어서 보내온 것이었다.

내가 아르바이트하는 곳의 근무 시작 시각까지, 한 시간 이상 남았다. 그러니까 지금 전화해봤자 아직 너무 일러서 어차피 아무도 없을 것이라고, 나는 생각했다. 물론 일찍 나온 사원이 한 사람쯤 있을지도 모르겠다. 나는 휴대전화를 이미 손에 들고 있었다.

냉장고 소리로부터 내 의식은 아직 멀어지지 않았다.

마침 환절기라 감기가 유행하고 있어서, 구실은 그걸로 하면 될 것 같았다. 나는 기침을 한 번 했다. 휴대전화를 열었다. 그럴 때마다 나는 딸깍 하는 소리는, 하도 들어 이제는 질리기도 했지만, 그래도 역시 아주 기분 좋아지는 소리였다. 가끔 나는 문득 그 소리가 듣고 싶어지면 몇 번이고 딸깍 딸깍 휴대전화를 열었다. 하지만 지금은 그러지 않았다.

나는 허리뼈 부분이 활처럼 굽은 내 몸을 이불에 비벼댔다. 그리고 동시에 양팔의 팔꿈치를 들어 올려, 잠시 동안 겨드랑이 아래가 찢겨질 듯 힘껏 뻗었다.

진짜 진동이 왔을 때 그것이 얼마만큼 손에 강하게 느껴졌는지 잘 기억해 두었다가, 그다음부터는 확실히 그 이상의 강도라고 느껴지는 진동에만 반응하도록, 그 기준에 미묘하게 못 미치는 진동은 거의 백 퍼센트 실제 진동이 아니라 착각이라고 단정하여 무시해야겠다는 생각을 해본 적이 있었다. 그러나 지금의 나는 그런 이론상으로는 그럴듯한 사고방식이 다 맞는 것은 아니라는 사실을, 잘 알고 있었다.

지금처럼 자다가 몸을 쭉 뻗어보면, 내 등뼈가 이제 완전히 곧지 않다는 것을 느낀다. 나는 휴대전화의 문자 착신 설정을 진동 말고 소리나 멜로디로 하는 사람들은, 어쩌면 나처럼 진동이 왔다고 착각에 빠지는 번뇌를 방지하기 위해 그렇게 한 것일지도 모르겠다는 생각을, 살짝 해봤다.

머리맡에, 전원이 켜진 채 화면 불빛을 낮추고 휴면 중인 나의 노트북이 활짝 열려 있었다. 나는 화면을 들여다보려고 내 몸을 발랑 비틀듯이 혹은 회전하듯이 움직여 엎드려 누웠다. 그때 몸 아래로 시트가 딸려와 약간 말렸다.

내 노트북의 하얀 커버는 이제 그다지 깨끗하지 않았다. 나는 그것을 벌써 3년 가까이 쓰고 있다. 그렇다고 이름을 붙여주지는 않았다.

내 시야로, 하얗게 칠한 내 손톱이 어슴푸레 들어왔다. 나는 한 번도 손톱에 그림을 그려 넣은 적이 없었다. 대개 그냥 흰색 한 가지로만 칠했다.

노트북 커버는 자기 전에는 꽤 뜨거웠는데 지금은 충분히 식어 있었다. 내가 키를 누르자 작동을 시작하며 화면에, 내가 밤새 자다 깨다를 반복하는 사이사이 읽었던 일기 몇 개 중 마지막에 읽던 것이 그대로, 단 몇 초 만에 떴다. 그리고 동시에 그때까지는 보이던 모니터 표면에 붙은 미세한 먼지를 잽싸게 안 보이게 만들었다.

화면에 뜬 것은 armyofme님—프로필로 봐서는 기업 안내 데스크 부문 아웃소싱 인수를 전문으로 하는 파견회사에서 콜센터 오퍼레이터로 등록된 28세(나보다 약간 젊다. 나는 다음 달이면 서른이니까) 여성—현재 직장, 즉 인터넷 광섬유 회선회사에서 인터넷 개설 서비스에 대한 문의 및 대응 창구로서의 그녀—가 그날그날 겪은 짜증나는 진상고객의 클레임이나 그런 고객과 동급으로 짜증나는 직장 내 수많은 인간들을 향한, 거의 저주에 가까운 말들이 쭉 적혀 있는 블로그였다. armyofme님은 정말로 쉬지도 않고 매일 글을 써댔다.

나는 이 블로그의 존재를 오늘, 아니 어젯밤에 처음 발견했다. 어떻게 발견했냐면 armyofme님은, 이건 어디까지나 아마도 그렇다는 얘기다. 내가 아는 사람 중에, 내가 미대 다니던 시절 같은 학번이었던 남자애가 그때부터 원래 그런 활동을 했던 것 같다는 얘기는 들었는데, 개그 콤비를 만들어 개그맨 활동을 하다가 최근 점점 인기를 얻으면서 조금씩 좋은 시간대 TV 프로그램에 나왔고, 나는 TV를 안 봐서 직접 확인한 적은 없지만, 그렇다는 얘기를 듣고 옛날에 동아리 시절을 떠올리며 몇 가지 단어 조합으로 세 시간 정도 검색하다가, 그러다가 알게 된 블로그였다.

쓰레기 수거차가 다시 이 근방으로 다가왔다. 나는 내 머릿속에서 반복되고 있던 음악을 아까 지워버린 것이 이 쓰레기 수거차

내가 있는 여러 장소들

멜로디였다는 사실을, 이때 깨달았다.

armyofme님은, 그 애가 TV에서 열심히 하는 모습이 자기에게 힘이 된다……고 하고는 싶은데, 분명 처음에 봤을 때는 그런 느낌을 받았지만 자꾸 보다보니 그런 감정이 안 생기게 되었고, 신나 보인다 싶다가도 그렇게 보일 뿐 여러 가지로 힘들 것도 같고, 그래도 돈은 괜찮게 받을 테니까 그것만으로 부러워할 권리는 있다, 라는 내용을 몇 달 전 어딘가에 썼다.

그런 식으로 내가 아는 사람이 인터넷 사이트나 일기 또는 블로그를 운영하고 있는 것을 발견하면 그걸 읽는 데에 나도 모르게 몇 시간이나 허비해버리는 일이 아주 자주 있었다. 나는 언제나 매우 졸리고, 졸린 기운이 없는 말끔하게 또렷한 의식 상태를 느낀 지가 오래되어 그런 감각은 진즉에 잊어버렸다. 이미 몇 년 동안이나 스위치가 꺼지기 일보 직전으로 깨어 있는 상태로만 있었고, 이제는 이 상태가 완전히 내 몸의 표준 설정이 되었다. 하지만 블로그를 검색하고, 그러다 눈이 가는 조금 재밌어 보이는 것을 읽는 동안에는, 액정에서 내 눈을 향해, 그 화면에 꽂혀 있는 내 시선을 타고 나를 각성시키는 물질이 몸속으로 끊임없이 흘러 들어오기 때문에, 그때는 잠기운을 견딜 수 없게 되는 한계치가 스낵을 아작아작 먹을 때의 혈당치처럼 단숨에 올라, 나는 아무리 졸린 상태라도 웬만큼 깨어 있을 수 있게 된다.

나는 드러누워 있는 내 몸이 비뚤어진 감각을 느끼도록 스트레칭을 한다. 머릿속으로, 나이도 그렇고, 이런 글을 정말로 쓸 만한 사람이 누가 있을지 생각하며, armyofme님에 들어맞는 여자 얼굴을 몇 명 떠올렸다. 하지만 누구를 특정해서 떠올릴 수는 없었다. 우선 난 떠올린 여자애들 이름조차 죄다 잊어버렸기 때문이다.

나는 어젯밤이랄까, 오늘 아침에도 한계치까지 계속 의식을 각성시키며 armyofme님의 블로그를 읽었다. 졸음의 한계를 뛰어넘은 뒤에도, 아주 약간 드문드문 선잠을 자는 것만으로 또 바로 괜찮아졌다. armyofme님 것 전에도 이미 다른 블로그를 하나 읽었는데, 그것은 전혀 모르는 사람 것이었다. 어떤 남자가 1년 전 불의의 사고로 죽은 대학 친구에게 보낸다는 명목으로 쓴 일기였다. 그곳도 물론, 나카키도 씨를 검색하려고 잠깐 이것저것 보다가 다다른 곳이었다.

하지만 그 일기에는 나카키도 씨와 관련된 얘기는 딱히 없었다. 아무래도 나카키도 씨의 이름 말고 다른 검색어로 했을 때 가게 된 것 같았다. 그런데 결국 그것도 조금 읽고 말았다. 문장이 상당히 뒤죽박죽이었는데, 아마 약간 정신착란 상태에 있는 사람이 썼다고밖에 볼 수 없는 글이었다. 읽다보니 애초에 죽은 친구도 없는 것 아닌가 싶어져서, 읽는 것을 그만두었다.

armyofme님의 블로그 최신 글에는, 아무튼 뭐 가장 많은 건, 일개 오퍼레이터인 당신이랑 얘기해봤자 해결이 안 나니까 윗

내가 있는 여러 장소들

사람을 불러오라는 소리를 듣는다는 내용으로, 오늘만 해도 그런 일이 몇 번이나 있었는데, 솔직히 그런 말을 하는 사람은 이쪽 시스템을 하나도 모르는 사람이며, 아마 그런 말을 하는 사람은 그런 식으로 억지 쓰면서 계속 윗사람을 부르다 보면 언젠가 회사 매니저급 인간과 대화할 수 있고, 본인이 직접 있는 대로 불만을 토로해 원하는 대로 일이 풀리고 가슴이 후련해질 거라고 생각하나 본데, 그런 일은 실제로는 글쎄, 거의 있을 수 없고, 설사 그 사람이 엄청 노력한다 쳐도 실제 회사 고위직 인간에게 클레임이 직접 전달될 일은 절대로 없는 시스템으로 되어 있기 때문에, 입이 벌어질 만큼 클레임을 넣어 운 좋게 소송으로 몰고 간다든지 매스컴에서 물고 늘어진다든지 그 정도로 큰 파문을 일으키는 형국까지 간다면 또 모르겠는데, 그렇지도 않을 거면 고객의 전화는 여기 콜센터 업무를 받고 있는 우리 파견회사 안에서, 그것도 이곳 클라이언트 담당 프로젝트 리더한테까지 전달되는 것이 고작인데, 그것조차도 우리 일개 오퍼레이터는 윗사람을 불러오라는 요구를 해대는 사람들을 일일이 진지하게 대응해줬다간 하나도 수습할 수 없게 되기 때문에, 그런 건 무조건 잘라버리라고 엄중하게 지시받고 있으며, 그래서 소심한 오퍼레이터 한 명이 그만 고객의 기세에 눌려 하라는 대로 끌려가기라도 하지 않는 한 그런 일은 있을 수가 없고, 여기 콜센터는 클라이언트인 광섬유 회선회사로부터 외주를 받아 운영될 뿐이기 때문에,

클라이언트는 우리 회사한테 무슨 수를 써서라도 클레임은 전부 그쪽에서 처리하라고 말했을 게 뻔하고 (아니, 난 모른다, 경영자가 아니니까. 그러니까 이건 그렇게 했을 거라는 그냥 내 추측이다. 그런데 아마 맞을 거다), 거기다 장소도 콜센터는 정작 이 회사와 다른 곳에 있어서, 이케부쿠로池袋 서쪽 출구의 공원보다 훨씬 앞에, 어지간히 인기도 없어진 장소에 있는 9층 빌딩 안에, 내가 파견 등록되어 있는 회사가 임대한 6층부터 9층까지 중에서도 8층에 있다(참고로 클라이언트 회사가 어디에 있는가 하면, 그야 당연히 도쿄 어디에 있겠지만, 모르겠다. 그런 것도 모르냐고 생각하겠지만). 즉, 그렇고 그렇다는 얘기로, 클레임을 넣는 당신이 지금 불만을 토로하는 상대는, 당신이 불만을 터뜨리고 싶은 진짜 상대가 아니라고 말해주고 싶은데, 그것은 안다고, 그러니까 윗사람 불러오라는 거라고 말하는 사람에게도, 당신이 아무리 애를 써도 불만을 토로하려는 대상에게 불만을 토로하는 일은 절대로 불가능하다고 가르쳐 주고 싶다, 물론 실제 전화로 그런 얘기는, 입이 찢어져도 못하겠지만…… 이런 내용이 적혀 있었다. 그 블로그에는 그다음에도, 그 고객의 클레임이 실제로 어땠는지 상황 묘사가 끝없이 이어져 있었다. 나는 그것을 아까 아주 잠깐 동안, 잠들기 전 깨어 있을 때에 이미 전부 읽어 버렸다. 읽으면서 나의 시선은 이따금씩 화면 왼쪽에 있는 가늘고 기다란 프레임 속에서 깜빡깜빡하는, 새로 발매된 DVD, 음료, 신용카드

온라인 가입, 구직정보 사이트 광고배너 쪽으로 잠시 가본다. 그때마다 새롭게 눈앞에 나타나는, 브라우저가 아직 화면에 완전히 표시되기 전 아주 잠깐 사이에 나는 뭔가를 기대하는 기분에 괜히 휩싸였다. 그 기분은, 모든 것이 나타나면 곧바로 사라졌다. 나는 다시 블로그를 이어서 읽기 시작했다.

발톱은 지금 아래를 향해, 시트와 찰싹 맞닿아 있었다. 손톱과 마찬가지로 하얀색 한 가지로 칠해져 있었다. 시트가 접혀 주름져 모여 있는 부분이 발톱 안으로 아주 조금 파고들어와, 내 발톱 내부 언저리, 접촉이 생소한 부드러운 피부에 닿았다. 하지만 시트가 빳빳한지, 아니면 내 땀이나 방 안 습도 때문에 축축한지를, 그 피부 부분은 감지하지 못했다.

남편이 이제 24시간 패밀리 레스토랑의 조리실 아르바이트에서 나왔을 시간이라, 문득 이 순간 힘을 북돋아 주고 싶은 기분이 샘솟아서, 휴대전화로 남편한테 문자를 써봤다. 하지만 이때의 나는 굉장히 간단하게, 수고했다고, 그리고 거기에 한두 마디 덧붙였을 뿐인 짧은, 게다가 내용도 그다지 없는 진부한 말밖에 떠오르지 않았다.

나는 크게 하품을 했다.

천장에 이제 막 만들기 시작해 실이 두세 줄 교차하지 않고 그저 똑바로 친 거미줄이 있었다.

지금처럼 누군가를 위로해주고 싶은 기분이 들어도, 나는 언제나 문자를 쓰는 단계로 넘어가면, 지금 내 몸이 늘어진 것만으로 힘에 부친다는 사실을 곧바로 깨닫고 말아, 처음에 먹었던 마음은 늘 흐지부지되었다.

누워 있는 몸에, 나는 지금 힘을 제대로 줄 수가 없다. 이대로 계속 있다가 끝날 것 같은 기분마저 들었다. 나는 문자를 (결국 길게 쓰지 못한 채) 송신했다. 전파가 날아가는 하늘은 흐렸다. 그러나 강한 햇살이 구름 속에 있다는 기운이 또렷하게 느껴졌기 때문에, 흐린 것이 아니라, 오늘은 하늘의 색깔이 **파랑**이 아니라 하얗게 보이는 것뿐이라고 여겨질 정도였다. 남편은 오늘 그다음으로, 최근 새로 시작한 드러그스토어 아르바이트가 있었기 때문에, 정말로 잘하고 왔으면 좋겠다는 마음이 있었다. 오늘이 9월 9일이라고 휴대전화 화면이 가르쳐주었다. 그건 곧 남편이 그 아르바이트를 시작한 지 이제 9일째라는 의미였다. 나는 아직 천장을 쳐다보고 있었다. 거미는 어디에도 보이지 않았다.

나는 몇 번, 어쩌면 남편이 블로그나 그런 종류의 무언가를, 하고 있지는 않을까 싶어, 짐작 가는 단어를 차례차례 닥치는 대로 검색해본 적도 있는데, 아직 찾지 못했다.

천장을 보고 있으니, 판자가 붙은 방식이나 그 판자의 작위적인 나뭇결 같은 무늬, 기둥과 만나는 부분에 얼룩이 져서 동심원상으로 흔적이 남아 있는 것, 그러한 것 모두가 실은 그런 무늬나 형태를 한 바닥이나 지면의, 이를테면 풍경과 공간의 설계 모형 같

내가 있는 여러 장소들

은 것이고, 게다가 지금은 그것을 올려다보고 있는 것이 아니라 내려다보고 있는 중이라는, 그런 착각 속으로 난 이상하게 쉽게 빠져들었고, 그러고 나서 그 감각은 비교적 시간을 들이지 않고도 바로 그때의 내 모든 감각으로 살포시 부연되어간다. 기름이 내 몸, 특히 얼굴 표면으로, 밤부터 지금 이 아침까지 시간을 들여 천천히 올라오고 있었고, 나는 손가락 안쪽으로 콧등을 쓸어내려 턱 아래까지 내려가 짜증을 내며, 잠시 계속 그 언저리를 만졌다.

남편은 이다바시飯田橋 JR역 바로 옆에 있는 벡커스(주로 전철역 근처에 있는 일본의 베이커리 카페 체인점―옮긴이) 2층의 금연구역 카운터 왼쪽 끝, 벽 바로 옆 자리에서 커피를 다 마시고 지금은 푹 엎드린 자세로, 다음 아르바이트까지 빈 시간을 이용해 얕은 잠을 자는 중이었다. 그러니까 내가 보낸 문자가 남편의 휴대전화를 짧게 진동시킨 사실을, 남편은 이때 알지 못했다.

남편의 휴대전화는 카운터 위, 뿌연 흰색에 몇 군데 긁힌 자국이 있는 플라스틱 트레이 위에 놓여 있었다. 진동하는 동안은 붕 하는 진동소리와 함께 휴대전화가 플라스틱과 달그락 달그락 부딪혀 내는 자잘한 소리를 냈다.

카운터에서 떨어진 반대편 벽 근처 4인용 테이블 석에, 옆 테이블에서 빈 의자를 하나 가져와 5명이 앉아 있는 교복 입은 고등학생 남자애들 무리가 있었는데, 그중 한 명이 무언가를 열자며 아까부터 계속 떠들고 있었다. 왜 그런지는 몰랐다.

내 몸은 다시 발라당 누운 자세가 되어 있었다. 오른쪽 무릎을 세우고 바깥쪽 복사뼈를, 왼쪽 다리와 왼쪽 겨드랑이의 종지뼈 주위 움푹 팬 부근과 금방이라도 닿을 것 같은 위치에 가져다 놓았다.

armyofme님의 블로그에 적힌 전체적인 내용이 풍기는 느낌이나 그 안에 존재하는 말투 중에, 일부러 외우려고 하지 않았는데 저절로 외워지는 멜로디처럼, 외우고 싶지 않은 것들이 어떤 전개도 어떤 변용도 없이 계속 내 머릿속을 빙글빙글 맴돌고 있었다. 나는 거기에 반항하지 않고, 그냥 멍하니 있었다.

덕분에 아까 내 머릿속을 맴돌던 멜로디는 이제 말끔히 사라져 있었다.

몇 분 건드리지 않았다고, 노트북은 또 잠들려고 하고 있었다. 화면이 천천히 다운되고 있었던 것이다. armyofme님이 그날 맞닥뜨린 최악의 손님이, 처음 뱉어낸 목소리에서부터 아~ 이 사람 느낌이 안 좋은데 하는 것이 너무나 강하게 느껴졌던 점, 그후 고객 번호를 물었더니 손님은 메모해둔 여덟 자리 숫자를 더듬거리지도 않고, 얼마나 말하고 다녔는지 꼭 외워서 하는 것처럼 술술 불러, 아~ 이 사람 분명히 처음 전화하는 거 아니다 싶었고, 실제로 그 번호를 고객관리 시스템에서 검색하자, 아니나 다를까, 신청한 지 한 달 이상이 지났는데 아직도 회선이 개통 안 됐다는, 뭐 이쯤 되면 상당히 부당한 처우를 받은 사람이라는 점, 그리고

내가 있는 여러 장소들

여태껏 이 손님을 응대했던 오퍼레이터들의 일지가 시스템에 쌓여 있는 것을 읽어보니 이미 이 사람은 열 번도 넘게 클레임 전화를 걸었고, 그때마다 오퍼레이터 한 명 한 명한테 손님을 업신여기는 것으로밖에 안 보이는 허술한 경영 태도에 대해 끝없는 불평을 늘어놓았다는 점, 오퍼레이터 중에 이 사람한테 세 번 걸린 애가 하나 있었는데 러시안 룰렛을 해도 이런 경우는 없다며 일지에 투덜거렸던 점 등등, 앞으로도 화면 아래로 스크롤이 내려가기를 기다리고 있는, 한없이 많은 양의 글들이 화면에서 이미 사라져 있었다. 검은색을 배경으로 또 먼지가 덮인 것이 보였다. 그것을 손으로 문질러 닦으려는 마음이, 지금은 들지 않았다.

내 노트북 옆에는, 자기 전에 읽던, 거의가 컬러 페이지인 데다가 범상치 않은 광고량 때문에 두껍고 무거운 패션잡지가 펼쳐진 채로 바닥에 널브러져 있었다. 바닥은 목재처럼 무늬를 낸 장판 모양의 매트였다.

남편은 파란색 티셔츠를 입고 있었다. 그 티셔츠에는 세탁기 그림이 그려져 있었다. 하지만 지금은 카운터에 푹 엎드리고 있어, 아무도 그 그림을 볼 수 없었다.

우리는 이사하기 전 집을 보러왔을 때 낡고 듬성듬성 변색된 다다미가 깔려 있는 것을 보고, 이사하고 바로 다음 날 기치조지 吉祥寺 역 앞에서 그 매트를 샀다. 전철로 한 정거장만 오면 됐기 때문에, 부피도 크고 무게도 꽤 나가는 것을 맨손으로 들고 와,

다다미 위에 같이 깔았다. 이제는 전혀 그런 생각을 하지 않지만, 그때 우리는 우리의 선택에 대해, 매트 모양이며, 처음부터 장판 스타일 매트를 사서 다다미를 가린 아이디어며, 머리를 꽤 잘 썼다고 생각했었다.

그날, 매트를 깔 때 남편이 입었던 옷도 그 파란색 티셔츠였다. 바닥에 네 발로 엎드려 있는 남편 뒤에 있었기 때문에, 눈앞에 그 파란 색깔이 들어왔던 것을 나는 기억하고 있다.

장판 매트에 전단지나 잡지 종이가 한번 들러붙으면 좀처럼 깨끗하게 떨어지는 법이 없었고, 억지로 떼어내려고 하면 인쇄면의 뒤쪽 일부가 그대로, 마치 엉터리 세계지도에서나 볼 법한 호수 늪지대 중 하나처럼 생긴 형상을 한 채로 흔적을 남겼으며, 꼭 부드러운 감촉의 보풀이 생긴 것처럼 표면은 새하얗게 되어 있었다. 그 새하얗던 것이 발길에 쓸리고 쓸려, 지금은 완전히 검게 변했다.

장판 매트는 비 오는 날처럼 습도가 심하게 높은 날에는, 미끈미끈 미끄러질 정도로 축축해진 적도 있었다.

벌러덩 누워서 잡지를 위로 들고 읽고 싶을 때도 있고, 엎드려서 읽고 싶을 때도 있다. 하지만, 무게가 너무 나가서 그 잡지를 누운 채 계속 들고 읽는 것은 불가능했다. 컬러 페이지에서는 잉크 냄새가 났다. 쭉 엎드린 자세로 있으면, 팔꿈치를 바닥에 대고 어깨의 무게를 버텨내야 하기 때문에 금방 어깨가 결려, 나는 그다지

내가 있는 여러 장소들

오랫동안 그 자세를 유지할 수 없었다.

나는 일단 천장을 보고 드러누웠다. 상체와 다리를 동시에, 서로 반대 방향으로, 그대로 갔다간 허리 부근에서 두 동강이 날 기세다 싶을 만큼, 천장을 바라보며 몸을 쭉 뻗고 있었다. 그렇게 한다고 천장이 신축성 있어 보이는 것은 아니었다.

남편이 잠들어 있는 카운터 옆, 트레이 위에는 휴대폰 말고도 하얀 머그컵이 놓여 있었다. 커피가 1센티미터 정도 남았는데, 그것은 단순히 바닥에 생긴 그림자처럼도 보였다. 머그컵 왼쪽으로는, 작은 등나무 바스켓이 놓여 있다. 그 안에는 남편이 잠들기 전에 먹었던 햄버거 포장지가 구겨진 채로 들어 있었다.

그 종이의 한쪽 끝이 우연히도 구겨지지 않은 채 일직선으로 그대로 있어, 종이 속이 들여다 보이는 부분에 케첩이 넓고 옅게 묻어 있었다. 트레이 중앙에는 남편이 몇 장이나 뭉텅이로 뽑은 종이 냅킨이, 결국 쓰이지도 못한 채 겹쳐진 상태 그대로 잠들어 있었다.

남편은 잠들기 전, 자기가 엎드릴 공간을 마련하기 위해 자기 오른쪽 옆으로 트레이를 치워놓았다. 그렇게 마련된 빈 공간에 남편은 손등이 위로 오게 손을 다른 손 손목 위치에 포개어놓고, 그 위에 이마가 닿도록 해서 엎드려 누웠다. 손 근처 부위는 꽤 오랜 시간 그러고 있어서 이 시점에 이미, 그렇다고 이제 일어나야 할 정도는 아니었지만, 미세하게 저렸다.

남편의 손은 소독약 냄새가 났다. 그건 주방에서 밴 냄새였는데, 완성된 형태로 비닐 진공 팩으로 포장되어 있거나 꽁꽁 언 상태에서 담겨 냉각기에 데굴거리고 있을 함박 스테이크의 냄새, 또는 거기에 뿌려 먹는 소스 등의 냄새가 그 손 안에서 하나로 뒤섞여 있었다. 냄새는 머리카락에도 배어 있었다.

내 왼손은, 내 머리를 잡고 있던 것을 진즉 관두고, 지금은 손을 펼쳐 볼살과 턱뼈 부근, 그리고 그대로 목으로 이어지는 부근까지, 그 일대를 감싸고 있었다. 나는 아직 턱뼈가 거기 있다는 사실을 알 수 있게, 가벼운 아픔을 느끼도록 해야겠다고 생각하고 그렇게 한 것이었다.

남편의 빵빵한 배낭은, 카운터 아래 1인용 의자보다도 더 깊숙이 쑤셔넣어진 채였다. 남편의 머리카락에는, 벌써 개기름이 배어 있었다.

나는 남편이 자고 있을 때, 가끔 남편을 깨우지 않게 조용히 그의 손에다 얼굴을 대고, 냄새를 맡곤 했다. 고기 냄새가 좋아서가 아니다, 몇 번을 맡아도 그건 역시 역한 냄새였다. 하지만 그 사실을 확인하고 싶어서 그렇게 맡아보는 것이었다.

머리를 감으면 냄새는 곧바로 샴푸에 나가 떨어졌다.

나는 일주일에 딱 한 번, 화요일 11시부터 꼭 보는 텔레비전 프로그램이 있었다. 사실 이건 이번 주 말고 지난 주 화요일에 있었던 일인데, 그땐 남편도 집에 있었다. 난, 그게 남편이 자고 있어서

였나, 텔레비전을 같이 안 봐줘서 그랬나, 아무튼 남편에 대한 짜증이 갑자기 포화상태가 되었고, 어쩔 수 없이, 처음엔 그 방송이 아직 하고 있는 중에, 그리고 결국엔 끝나고 나서도, 날짜가 바뀌고 계속 그렇게 흘러간 몇 시간 동안, 한마디로 말하면 그의 그 덜떨어짐을 빌미로, 물론 덜떨어졌다는 말 자체는 너무 비참하니까 그대로 쓰지는 않았지만, 남편을 몰아세웠다.

그냥 텔레비전만 보고 있었을 때는, 난 지금처럼 축 늘어진 몸을 눕히고, 그저 얼굴만 들어 브라운관이 번쩍번쩍 내뿜는 빛에 들이밀고 있었다. 왜 그런 말을 그때 내가 하게 된 건지 지금은 잘 모르겠지만, 내가 우리한테 조금만 더 돈이 있으면 좋겠다고 생각하는데, 조금만 더 잘 좀 해보자, 응? 그렇게 되게 우리 앞으로 잘 좀 하는 게 좋을 것 같거든, 그렇게 하자, 응? 뭐 이런, 아무 말이나 하는 느낌으로 그냥 했는데, 실은 일방적으로밖에 안 보이는 말을, 그것도 그렇게 센 어조로, 느닷없이, 남편에게 퍼붓듯 쏟아낸 이후, 물론 몸은 일어나 있었고, 나는 무릎에 힘이 풀려 장판 매트 위로 주저앉아버렸다.

난 어느새, 아무런 제한 없이, 힘닿는 대로 고래고래 끝도 없이 남편에게 욕을 퍼부어댔다. 나도 모르는 새 눈까지 이미 퉁퉁 부어서 열이 났다. 하지만 내가 말하는 것이, 이런 식으로 울면서 말해봤자 소용없다는 것을, 그때도 이미 알고 있었다.

그때 일을 떠올리자, 서서히 이완되어 있는 지금 내 온몸에서 뒷목만 딱딱하게 굳어갔다. 아니 어쩌면 거긴 전부터 굳어 있었고, 이제야 그걸 알아차린 걸지도 모른다. 물론, 그때의 나도 우리는 아직도 둘 다 그런대로 아르바이트를 하고 있고, 뭘 기준으로 하느냐에 달린 것이기는 하지만 그렇게 울고불고할 만큼 돈이 없는 것도 아니고, 돈이 없다고 한 건 지금보다 훨씬 더 없어졌을 때 얘기라는 것은 잘 알고 있다. 지금 내가 진정을 되찾은 상태라 알겠다는 게 아니고, 그때 난 이미 제대로, 정말로 잘 알고 있었다.

남편은 그때 내가 한 말에 대해, 기가 죽지도 열을 내지도 않고, 그냥 뿜어져 나오는 것을 아무것도 담지 않은 표정으로 듣고 있었다. 그게 나한테는, 무시당하는 것처럼 느껴졌다. 왜 남편은 이때 나한테, 그럼 도대체 이 이상 뭘 어쩌라는 거냐고 말하지 않았던 걸까? 나는 그 이유 비스무리한 것이, 만약에 남편의 일기 같은 것을 찾아 읽을 수 있다면 거기에 쓰여 있을지도 모르겠다고 생각해서, 지금까지 몇 번이나 그 일기의 존재를 찾아내려고 시도했었다. 하지만 남편은 애당초 그런 걸 안 쓰는지도 모르고, 쓴다고 해도 비공개로 설정해서 쓸지도 모르는 것이고, 회원이 되어야 볼 수 있는 믹시 같은 폐쇄적인 SNS 공간에 쓰고 있을지도 모르는데, 그렇다면 나는 영영 찾을 수 없는 것이다. 만약 진짜로 그렇다면, 이건 대체 뭐지?

나는 이때, 지금까지 했던 것 중 최고로 크게 몸을 움직였다.

머리의 위치와 다리의 위치를 반대로 바꾼 것이다. 그 이유는, 머리 근처에 있는 시트가 완전히 눅눅해진 것 같아서, 산뜻한 느낌이 나는 곳이 다리 부근에는 아직 남아 있을지 모르겠다는 생각이 들어서였다. 상체를 하반신이 있는 쪽으로 가져가고, V자로 몸을 구부려 하반신을 다시 상체에서 떨어뜨리는, 그런 방식으로 시계방향으로 네다섯 번 몸을 질질 비틀어, 드디어 새 공간의 시트에 도달했다. 그곳은 예상대로 산뜻했다.

남편은 나한테 욕을 바가지로 얻어먹는 동안, 그리고 그후에도, 왼쪽 팔 윗부분이 가렵다는 듯이 긁고 있었다. 남편 입장에서 보면 이때 나의 행동거지는, 그저 갑작스러운 것으로밖에 보이지 않았을까? 내 안에서는 여기에 이르기까지, 혼자서 꾹꾹 눌러 담은 시간이 이미 충분히 있었고, 그래서 흐름상으로 굉장히 필연적으로 그렇게 된 것이었는데.

나는 관절이 버틸 수 있는 만큼 목을 앞으로 숙였다. 그리고 반대로, 이번에는 목을 뒤로 젖혔다. 하지만 내 힘으로 목을 톡 하고 부러뜨리듯 뒤통수를 등짝에 착 갖다 붙이는 것까지는 불가능했다.

이때 바로 옆에 있는 창문 유리의 기척이, 마치 연인이나 그 비슷한 존재가 있기라도 하듯 나에게 아주 뻔뻔스럽게 기대어 다가오는 것처럼 느껴지기 시작했다. 조금만 더 하면 견딜 수 없어질 정도였다.

이 아파트는 작은 산처럼 봉긋 솟은 일대에 있었는데, 그 부분만 우묵하게 들어간 곳에, 높아봤자 기껏 5층짜리로 낮은 건물들 몇 개와 같이, 양보는 없다는 듯 밀집해 있었다. 그 건물들은 여기와 똑같이 아파트도 있었고, 학원이 들어선 건물도 있었고, 전체적으로는 무슨 건물인지 잘 모르겠지만 2층에만 아시아 잡화를 취급하는 가게 같은 것이 있는 건물도 있었다. 그런 가게는 봉서지나 모조지에다 손글씨로 쓴 간판이 창문 안쪽에서 바깥쪽으로 보이게 붙어 있고, 창문으로 너무나 투박한 촉감일 것 같은 마로 된 옷들이 커튼레일에 걸려 늘어진, 그런 것들이 보이는 걸로 봐서 뭐하는 곳인지 대충 알 수 있었다.

그러한 이 부근 일대에 헷갈리게도, 결코 많지는 않았지만, 평범한 단독주택이 있었다. 반 층만 계단을 내려가면 입구가 나오게 만들어, 갤러리로 세를 준 건물도 있었다. 예전에 내가 그 갤러리 앞을 지나갔을 때, 안이 어떻게 생겼는지 들여다보려고 한 적이 딱 한 번 있었다. 계단 바로 앞까지 가서야, 그 계단을 완전히 끝까지 내려가지 않으면 갤러리 내부는 거의 아무것도 보이지 않을 것이라는 걸 깨달았는데, 그렇게까지 해서 보고 싶은 건 아니었기 때문에 결국 보지 않았고, 그 이후로 그 안을 들여다보려고 한 적은 없었다.

우리가 세를 얻은 아파트는 그렇게 밀집된, 그중에서도 거의 한가운데에 끼이듯 세워진 곳이었다. 우리는 이 집이 바닥도 벽도 늘 눅눅한 것은 바로 그 때문이라고 생각했다. 하지만 그건 제일 싼, 햇빛도 잘 들지 않는 1층이어서 그런 건지도 모른다. 적어도 이 집은 한겨울에도 늪지대 같았다. 곰팡이 냄새가 났다.

내가 있는 이불은 창문 바로 옆에 깔려 있었다. 난 내 이불은 늘 거기에 깐다. 창에는 밖에 생긴 물방울이 마를 때 그 윤곽만 하얗게 얼룩이 남은 흔적들이, 너무나도 불균등하지만 무늬처럼 있었다. 베란다 바로 밖은, 잡초가 우거져 풋풋한 풀냄새가 나는 땅으로 이어졌다. 베란다로 나온 부분과 옆 아파트의 외벽과의 간격은, 1미터도 안 되었다.

남편이 일기를, 예를 들어 내가 볼 수 없는 곳이라도 좋으니까 만약에 쓰고 있다면, 거기에는 내 얘기도 쓰여 있을까? 그런데 내가 지금 그런 생각을 하고 있는 것은, 쓰여 있기를 바라서일까, 아니면 반대로 쓰여 있지 않기를 바라서일까, 그건 나도 잘 모르겠다.

아직 엎드려서 자고 있는 남편의 얼굴 아래서 포개진 손, 그 중에서도 무게를 견디지 않고 있는 손가락 끝부분이, 인주가 묻은 탓인지 옅은 오렌지색으로 물들었다.

내가 지금 보고 있는 창밖을, 지금보다도 더 오랫동안 멍하니 보고 있었을 때가 예전에 있었다. 그땐 베란다 안에 고양이가 두 마리가 있었는데, 둘 다 연달아 창틀의 울타리 위로 한번에 점프해서 올라타더니, 곧바로 옆에 있는 아파트 벽으로 뛰어올라 창문으로 잘린 내 시야 윗부분으로 사라져버린 일이 있었다는 것을, 난 갑자기 떠올렸다. 나는 지금 그런 식으로 그냥 흔한 풍경을 떠올리고 있는 것이, 마치 머릿속에서 죽음을 스쳐 지나치고 있는 것 같다고 생각했다.

문득 부엌 바닥 위에 내가 나란히 세워둔 발포주, 그것도 긴 캔 두 개가 쓰러져 굴러다니고 있는 것이 눈에 들어왔다.

나는 욕실뿐 아니라 부엌의 구석까지, 장판 매트 아래 있는 다다미 위의 일부분에, 이젠 무슨 수를 써도 안 없어지는 곰팡이가 핀 것을 알고 있었다. 곰팡이 냄새는, 내가 누워 있을 때 머리 부근엔 창고가 있는데, 지금은 닫아놓았지만 그것을 열면 특히 심하게 이쪽으로 퍼졌다. 하지만 나는 벌써 몇 달이나 이 집에서 살면서 조금씩 이 곰팡이 냄새, 그리고 습도에도 적응이 되어, 이때에는 이미 그렇게 싫지도 않은 상태가 되어 있었다. 적응이 되어버린다는 것은, 나 스스로도 약간 무서운 일이라는 생각이 들긴 했다. 그래서 나는 남편한테는 아직 이 집 냄새에 적응이 되었다는 얘기는 하지 않았다. 남편은 그 창고를 자주 열어놓고는, 다른 곳에 가 있거나 외출을 하기도 했다. 그것 때문에 내가 폭발한 적이 몇 번이나 있었다.

나는 언젠가 한번 남편에게, 도대체 우리 왜 이렇게 칙칙하고 햇빛도 하나 안 들어오고 곰팡이 냄새 나는 좁은 데에서 평생을 살아야 되는 거냐고, 말한 적이 있었다. 그때 남편은 그럼 이사 가는 게 좋겠냐고, 그럼 그렇게 할 거냐고 나한테 말했다.

그 말에 나는 말로 대답하지 않았다. 대신 나는 앉아 있던 자세 그대로, 마주하고 있던 남편을 향해, 가지런히 접어두었던 두 다리를 내던질 기세로 쭉 뻗은 뒤, 온몸으로 쿵쿵거리며 몇 차례 엉덩이로 도약해 남편에게 다가가며, 마침 그때를 위해 뻗어두었던 양쪽 다리를 교대로, 수차례 남편을 걷어찼다. 남편은 그때, 나한테는 어린이 프로그램에 나오는 히어로의 거동처럼 보여서 순간 웃겼는데, 왼팔을 일단 오른쪽으로 가져가더니 몇 초간 그렇게 딱 하니 멈춰 있다가, 그 반동으로 팔을 바꿔 내 다리를 밀어젖히는 공격을 해왔다. 나는 그렇게 당하기 전에 딱 한 번, 그의 팔에 큰 점 세 개가 나란히 일직선으로 있어 거기를 볼 때마다 늘 오리온 별자리를 떠올렸던 바로 그 부위를, 비교적 강도 높게 발로 걷어찰 수 있었다. 하지만 그후에는 거의 꼼짝 못하게 되었다. 그가 날 힘으로 누르고 난 다음에도, 나는 잠시 발버둥 쳤다. 그래도 남편은 남자니까, 아마 이땐 그렇게 온 힘을 쓴 건 아닐 것이다.

남편 팔에 붙어 있는 살은 벡커스 카운터 위로 불룩 솟아 보였다. 하지만 그건 근육이 아니라, 팔꿈치가 접혀서 생긴, 탁자에 눌려서 튀어나와 보이는 것일 뿐이었다. 남편의 팔에는, 주방에서 뭔가 하다가 생긴, 그렇지만 이제는 거의 딱지가 된 화상자국이 있었다.

나는 남편을 발로 차고 난 직후 남편한테 당해서 꼼짝 못하게 되었을 때, 이건 추측이지만, 왜 이런 냄새가 나는 건지 나도 모를 정도로 이상한, 오물이 되기 전에 장에서 나는 냄새? 거의 그런 것 같은, 쉰 음식에서 나는 냄새를 몸에서 분비하고 있었던 것 같다. 하지만 정말로 그런 냄새가 나한테서 났다고는 아무리 생각해도 믿기 어려웠고, 어쩌면 그게 실제 일어난 일이라고 해도 자기 냄새는 자기한테는 가장 먼곳의 일처럼, 조금만 느껴지는 경향이 있을 테니, 그냥 기분 탓일지도 모르겠다고 생각했다. 남편한테 물어볼 수도 없기 때문에, 이 문제에 대해서는 더는 확인할 방법이 없다. 만약에 기분 탓이라 쳐도, 왜 그런 냄새가 난 것 같은 느낌이 들었던 걸까? 난 그때 눈물도 콧물로 흘리고 있었다.

카운터 위에 엎드려 있는 남편의 앙상한 등짝과 어깨는, 이따금씩 스멀스멀 움직였다. 그 움직임이 어느 정도 이상으로 커졌을 때에만 카운터가 삐걱거렸다. 하지만 움직임은 아주 약했기 때문에, 삐걱거리는 소리도 아주 작았다. 남편의 등은 둥근 곡선을 그렸지만 굳어 있었다. 힘을 조금 더 빼고 몸을 편하게 만들어 자는 법을 남편은 모르고 있었다.

남편은 그때처럼 내가 폭발할 때면 꼭 가장 이성적이고 번지르르하고 비현실적인 해결방법을 즉각적으로 뱉어낸다. 그래서 나는 그때도 남편이 그럴 거라고 예상했고, 실제로 그랬다.

　　　　　　　　　　　　내가 있는 여러 장소들

나를 누르고 있는 팔을 남편이 치웠다. 당연히 치우자마자 바로 격하게 달려들지는 않고, 나는 몸을 웅크린 채로 있었다. 곧 남편에게, 갑자기 무슨 소리를 하는 거냐, 이사라니 그게 제일 가능성이 낮은 거라는 걸 모르냐, 반년도 안 살았는데 여기 관두고 다음 집 가고 그런 식으로 이사를 할 수가 있냐, 그렇게 하면 여기저기 들어가는 돈이 감당이 되겠냐, 내 말이 틀렸냐, 그런 당연한 것도 모르고 어쩔 작정이냐, 까지는 제대로 잘 말했다.

남편은 그 얘기를 들으면서 안경을 닦고 있었다. 남편은 안경 닦는 천을 늘 입는 청바지 앞주머니에 계속 쑤셔 넣고 다녔는데, 거의 반년 정도를 빨지 않았다. 그 청바지 자체를 빨 때 주머니 속에서 같이 빨린 적은 몇 번 있었다. 그걸로 안경 닦는 천을 빤 셈이라고 생각하진 않지만 그래도 약간은 때가 빠졌다. 그 안경 닦는 천은, 지금은 이 방에 있었다. 내가 지금 있는 위치에서는 안 보이는 세탁기에 남편 청바지를 뒤집어서 쑤셔넣어 놨다. 허리 부분부터 무릎 조금 위까지가 꺾여서 세탁기 앞에 바지가 삐져나온 채로 걸려 있었다.

나는 또 몸을 쭉 폈다. 그리고 천장을 향해 손바닥을 뻗었다.

남편은 지금, 그것이랑은 다른, 낡고 무릎에 자연스런 구멍이 난 청바지를 입었다. 그것은 넓적다리 안쪽이 하도 쓸려서 찢어졌고, 구멍으로 하얀 살이 보이기도 했다. 덧붙이자면 파란색 티셔츠도 꽤 오래 입은 옷이었다. 둥근 목 부분은 흐물흐물 늘어나버렸다. 파란 빛깔도 이젠 꽤 색이 연해졌다. 원래는 선명한 파란색이었다. 남편의 다리는, 바닥 아래까지 닿지 않고, 1인용 의자에 대롱거리고 있었다.

남편은 내가 욕을 퍼붓는 것을 듣고, 그리고 안경도 다 닦은 후, 분명히 맞는 말인데 아무튼 이렇게 말했다. 예를 들어 곰팡이 냄새 나는 것을 일단 처음에는 참을 수 있었을 거 아냐, 그것보다 집세가 싼 게 우선순위가 높았잖아, 그래도 실제로 살아보니 역시 곰팡이 냄새는 싫고 못 참겠다는 거니까, 돈 든 거 당연히 아까울 수 있지만 이사하는 게 결국 제일 좋은 방법인 것 같은데 하는 식으로 나한테 말했다. 그런데 왜 남편은 이런 때에, 반년 정도 참아보자고는 말해주지 못하는 걸까?

나는 부엌에서 식칼을 들고 와서, 남편의 게임기 컨트롤러 코드를 칼로 바닥에 탁탁 내리쳐서 끊어놓았다. 그게 내가 남편을 발로 차려다 힘으로 제압당하기 전의 일인지, 아니면 나중 일인지, 기억이 나지 않는다.

코드는 한 방에 깔끔하게 잘렸다. 내 짐작으로는 고무 튜브가 한 번에는 안 끊어지고, 안에 들어 있는 수많은 코드 중에 몇 줄은 남을 줄 알았기 때문에, 싱겁게 잘려버린 것에 약간 맥이 빠졌다. 그렇다고 그걸, 예를 들어 표정으로 드러내 보이는 식의 여유는, 그때의 내 얼굴이나 몸이나 마음 상태로 봤을 때 전혀 남아 있지 않았다.

나는 머릿속에 들쭉날쭉한 잿빛으로 된, 굉장히 가는 철
사 같은 것이 섞인 먼지 뭉치가 들어 있어서, 괴롭힘을 당하고 있
다는 기분이 든다. 나는 그것을 청소기에 쌓인 먼지를 버리듯 한
번에 탁 하고 안을 텅텅 비우고 싶다는 생각을 한다. 하지만 만
약에 그걸 순조롭게 버릴 수 있다 해도, 어차피 그건 또 바로 증식
해서 원래대로 그 자리에 기생할 것 같다.

만약에 내가 곰팡이나 습도가 너무 싫어서 못 참을 정도였으
면, 당연히 지금 이딴 곳에서 흐느적거리고 있지 않을 것이다. 나
는 누워 있던 몸을 일으켜 세워, 지금 내가 입은, 고무줄이 늘어
나서, 배 앞부분에 뚫려 있는 구멍으로 나온 허리끈을 묶지 않으
면 흘러내릴 것만 같은 트레이닝 바지를 벗고, 제대로 된 옷으로
갈아입은 뒤 외출해버릴 것이다.

아파트 입구에서 차도로 나갈 때까지 가늘게 난 통로는, 통
로라고 하기엔 건물과 건물 사이에 그냥 우연히 만들어진 틈 같
았지만, 자전거를 옆에 끼고 같이 간신히 걸을 수 있을 정도의 폭
밖에 되지 않았다. 그중 일부, 건물 콘크리트 기초부분
이 조금 삐져나온 곳이 있는데, 대부분은 딱히 포장이 되어 있는
것도 아니어서, 비가 내려 땅이 젖으면 구두가 더러워졌다. 하지만
도쿄는 최근 며칠간 계속 맑았기 때문에, 지금은 적당히 굳어 있
을 것이다. 거기에도 잡초는 왕성하게 자라 있었다.

차도의 폭은 대형차 한 대가 지나갈 정도밖에 안 되었다. 그마저도 아침 일부 시간대를 제외하고는 일방통행으로라도 쓰이는 일은 없었다. 나는 내 오른쪽 다리만 들어 올려, 다리와 일직선이 되게 발등을 꺾은 다음 발톱 끝까지 뻗었다. 아니, 뻗었다기보다는, 그렇게 되도록 발뒤꿈치를 당겼다. 뒤꿈치에는 몇 줄이나 힘줄이 들어 있을 거라고, 나는 짐작했다.

좁은 차도가 드디어 널찍한 2차선 도로에 닿고, 그 하나하나에 도로반사경이 설치되어 있는 곡선 모퉁이를 몇 개 지나, 하늘이 조각조각 잘리지 않고 어느 정도 끝이 안 보이게 펼쳐질 때까지, 언덕을 내려간다. 그럼 역 근처에서 경사가 끝나고, 거기서부터 평탄해진다. 하지만 거기부터는 큰 서점이 있는 건물이 방해를 해서 역은 보이지 않는다. 교차로를 가로질러야 겨우 보였다. 그 2차선 도로는, 역을 조금 지난 부근에서, 수로와 합류해 거기서부터 쭉 나란히 이어졌다. 고속도로로 들어가는 입구, 하얗고 굵은 표시가 되어 있는 녹색의 큰 직사각형 보드가 차도 위에 마련되어 있었다.

오늘 모처럼 쉬기로 했는데 외출이라니, 지금의 나는 그런 귀찮은 일을 나서서 할 생각은 조금도 들지 않았다. 게다가 밖에 나가면 꼭 편의점에 들어가게 되고, 커피를 마시게 되는데, 그래서는 돈이 들기 마련이다.

역 근처에 편의점이 몇 개 있었다.

내가 있는 여러 장소들

계속 보고 있던 천장이, 가공의 스포츠 코트로, 그 중앙을 가로지르는 대들보가 센터라인처럼 보였다.

이제 슬슬 아르바이트하는 곳에 전화를 넣어야 할 시간이었다.

안에 형광등이 들어가 있는, 두꺼운 플라스틱으로 된 훼미리마트의 간판에서, 하늘색 말고 초록색 부분만 예뻐 보인 적이 가끔 있었다. 어느 특정 시간이 되면 만들어지는 빛 속에서, 그런 현상이 일어났다. 아마 막 저녁이 될 즈음의 시간대가 만드는 푸르스름한 빛 속에서, 신호등의 빨간빛을 볼 때 내 안에서 일어나는 현상과 똑같은 것이 일어나는 것 같다. 하지만 훼미리마트의 초록색을 보고 내가 예쁘다고 생각할 때가 대충 어느 시간대였는지 기억이 안 나는데, 적어도 저녁이 될 즈음은 아닌 것 같다. 그 시간대에 느껴지는 심정과 세트로 그걸 본 기억이, 나한테는 없기 때문이다.

나는 이번에는 왼팔 근처가 가려워서, 오른손의 손톱을 시트 사이로 밀어 넣어 살짝 긁었다.

카운터의 하얀 탁자 위로, 남편의 티셔츠에서 뻗어 나온 남편의 팔꿈치가, 아무렇게나 내동댕이쳐 있었다. 남편의 팔꿈치에는 멍이 들어 있었고, 팔꿈치의 가장 뾰족한 부분의 모양도 울퉁불퉁 거칠었기 때문에, 내 눈에는 다른 사람들보다 더러워 보였다.

내가 이렇게 곰팡이 냄새 나는 집에 살고 있다는 사실이 아무렇지도 않느냐고 남편에게 따졌던 것은 곰팡이 냄새를 생리적으로 견딜 수 없었기 때문은 아니었는데, 내가 반드시 이 냄새를 참을 수 있어야 하는 것은 아니지 않나, 하고 속으로 생각하고 있다는 것을 남편은 아마도 모르고 있었다. 그러니까 남편은 아직 내가 이 냄새를 못 견뎌 하고 있는 거라고 생각하고 있을 것이다. 만약에 남편의 일기를 찾게 된다면 거기에 우리의 고유명사와 그날 있었던 구체적인 상황이 너무나도 극명하게, 그렇다고 누가 읽더라도 이해할 정도까지는 아니겠지만, 당사자인 내가 읽으면 상당히 세세하게 썼다는 것을 알 정도로 쓰여 있을지도 모르는 일이고, 나에 대한 심한 욕이 쓰여 있을지도 모른다. 이런 막무가내의 상상이, 이때 이미 내 머릿속을 거의 오토매틱으로 달리고 있었다. 예를 들어 어젯밤, 남편이 아르바이트 가기 전에 30분 정도 만화카페에 들러서 일기를 쓴 걸 밤중에 내가 발견한다면, 나는 그것이 쓰인 지 불과 몇 시간 만에 읽게 되는 것이다.

남편은 어제도 그저께도 일기를 쓰지 않았기 때문에 너무너무 쓰고 싶다고 생각했을 것이다. 내가 식칼로 게임기 코드를 잘랐다는 항목도 분명히 있을 것이고, 거기에는 남편한테 정말로 소중한 그 기계를 내가, 그것도 반 미친 상태의 내가 그걸 망가뜨리든 뭘 하든 괜찮은 거라는 식으로, 남편 입장에서 보면 어린애 고집으로밖에 안 보인다는 식으로, 아무리 그래도 그렇지 정말로 망가뜨릴 줄이야. 남편은 처음엔 깜짝 놀랐지만, 곧바로 분노가 놀람을 앞질러도 결코 욱하는 법 없이, 냉정하게, 나에게 정신

내가 있는 여러 장소들

차리라고 외치려 했다고, 그렇지만 그게 전부가 아니라, 충동적인 면도 있어서 꽤 세게 나를 때렸다고, 뭐 이런 내용이 쓰여 있을 것이다. 나는 실제로는 한 대도 안 맞았다. 내가 그걸 망가뜨렸을 때, 남편은 놀라움이나 분노로 인해 자기도 모르게 소리를 지르는 것조차 하지 않았기 때문에, 오히려 속으로는 내가 더 놀랐을 정도인데, 그래도 남편 블로그에는 남편이 나한테 "야! 너 뭐하는 짓이야! 너 미쳤어!" 하고 큰 소리로 화를 냈다는 식으로 쓰여 있을 것이다.

나는 아르바이트하는 곳에 전화를 걸었다. 사원 중에는 싫은 사람도 있고, 싫지 않은 사람도 있었다. 이때 전화를 받은 사람은, 내가 싫어하는 사람이었다. 하지만 그 덕에 난, 그후의 몇 초를, 아까 정한 그대로, 상대방에 대한 그 어떤 켕기는 기분 없이 끝까지, 흔들림 없이 잘 연기해냈으니, 나에게 있어서 그건 운이 좋은 것이었다. 남편에게 켕기는 기분은, 물론 들었다.

원래대로라면 오늘은 아르바이트를 가는 날이었다. 그건 이미 나도 당연히 아는 것이었지만, 단지 오늘은 가지 말아야겠다고 내 안에서 이미 결정해버렸기 때문에, 이제 와서 몸을 움직이는 것은 아무리 생각해도 불가능했다. 게다가 내 자세는 아까부터 쭉 엎드린 자세였기 때문에, 이미 천장까지 빼곡하게 쌓인 습도층 안에 완전히 몸이 묻히고 말았다.

남편은 어떤 아이디를 써서 블로그를 할까?

노트북이 이따금씩 내는 윙윙거리는, 전자가 무언가를 처리하면서 그 안에서 진동하며 내는 소리가 내 귀를 건너뛰는 법 없이 들려왔다. 그것은 무언가 깊은 것, 내가 지금 예를 든다면 바다와도 같은 것이라는 생각이 드는데, 그 깊은 바닷속에 내가 있는 것 같은 분위기를 조성했고, 실제로도 그런 느낌이 들었다.

나는 턱으로 이불을 눌렀다. 내 시선은 키보드와 나란한 높이로, 약간만 더 내리면 정확히 그 위치가 될 높이로 가 있었다. 그러자 키보드가 한 면으로 펼쳐진 지평선이 되고, 지평선 너머로 액정 디스플레이가 점점 높아지는 언덕처럼 보였다. 하지만 나는 지금의 내가 이 스케일을 느끼는 방식이 아무래도 이상해서 얼른 일어나야겠다는 생각이 들었고, 단순히 자세를 조금 더 편하게 해야겠다는 마음도 있어서 바로 쿵 하고 벌러덩 몸을 뒤집어 또 천장을 봤다. 이번에는 형광등이 매달려 있는 모양이 마음에 들지 않았다. 그 형광등도 괜히 거대한 무언가로 보이기 시작했다. 그런데 벽에 걸려 있는 시계는, 아무리 봐도 그런 감정이 안 생겼다.

만약에 지금 키보드 하나를 건드려 화면을 다시 살린다면, 이 노트북 안에 아직도 기억이 되어 있는 그 블로그, 즉 손님의 클레임으로 끈덕지게 시달렸던 armyofme님이 끝없이 써내려간 그 말들이, 네모난 칠흑 같은 밤하늘에 커다랗게 영사되어, 혼자서 영원히 스크롤을 내리며, 지금 당신 어차피 나보고 짜증나는 고객이라고 생각하죠? (당연하죠) 그런데요, 전 전혀 납득이 안 되거든요, 정말로 그냥 생트집 잡는 사람도 뭐 없지는 않겠지만, 그런 인간이랑 똑같은 취급당하면 나로선 석연치가 않죠, 안 그래요? 그런 인간이랑 내가 똑같아요? 신청한 지 한 달이 지나도 개통이 안 되는 게, 아니 내가 반대로 좀 물어보고 싶은데요, 이 정도는 원래 자주 있는 일이에요? (죄송해요, 자주 있는 일 아니에요) 그쪽 업계에선 광고 문구랑 이렇게 차이가 나는 게 흔한 일이에요? 그런 상식이 있다는 건 전 전혀 몰랐거든요, 어떻게 설명할 거예요? 그 정도는 당연히 기다려야 되는 거라고 그럴 거예요? 한 달 좀 지난 거 가지고 되게 떽떽거리네, 뭐 그럴 거예요? ……근데 이번 케이스는, 아무리 봐도 그쪽 실수죠? 그런데 너무 이상하지 않아요? 대응 방식이, 아니 생각해보세요, 지금 전화도 좀 그렇잖아요? 이 전화, 지금 일 분 일 초 전화비를 손님인 내가 내고 있는데, 손님이 내는 시스템으로 만든 것 자체가 애초에 글러먹은 거 같지 않아요? 이런 거 뭐라고 하죠, 나비 다이얼 맞나, 보통 전화보다는 조금 싼 것 같긴 한데, 그래도 유료는 유료잖아요, 프리 다이얼이 아니잖아요, 그러니까 결국 그쪽 입장은 손님이 돈을 내서 전화하는 게 당연하다는 거잖아요, 이쪽에서 보기엔 그렇게 판단이 되거든요, 그게 근본적으로 글러먹은 발상인 거 같거든요, 안 그래요? (톡 까놓고 말하면 저도 그렇게 생각해요) 그쪽에서 다시 걸어야지, 그게 사회 상식이죠, 아니에요? 프리다이얼 번호를 왜 안 만드냐는 클레임은 없어요? 이런 **쪼잔한** 말 하는 건 저밖에 없어요? 그런데 근본적으로 이런 건 무료인 게 상식적으로 당연한 거 맞죠? 아니에요? 왜 내가 비싼 전화비 내면서 이런 불만을 얘기해야 돼요? (그럼 좀 끊어!) 전화비도 아깝고, 내가 내 돈 쓰는 것도 멍청해 보이니까, 지금 가르쳐주는 번호로 그쪽에서 다시 거세요, 다시 걸 거예요? 안 걸 거죠? (네, 당연하죠) 내가 여태까지 몇 번이나 같은 얘길 했는데 다 거절당했거든요, 음, 그런데 당신은 어때요? 개인적으로 생각했을 때, 솔직히 어떻게 생각하는지 말해볼래요? 당신 이름은 뭐예요? ……네? (할 수 없으니까 성만 말해야지) armyofme 씨요? 그래요, 저기요, armyofme 씨, 내 말은, 지금 내 주장이 너무 확실하게 맞는 거 같은데, 내 주장이 틀렸어요? 맞죠? 틀렸다고 하면 이상한 거죠, 당연히 맞죠, 그런데 당신 입장에선 그렇게 말 못하는 거죠, 음, 뭐, 그럴 수도 있죠, 저도 사회 생활하는 사람이라 알긴 아는데요, 당신은, 나한테 회선 연결시켜주지 않고도 무사태평한 회사가 주는 월급 받고 있으니까, (그런 거 아니라니까요) 그래도 저 같은 고객 불만을 하루 종일 수없이 들어야 되고, 그런 일 하시는 거 상상만 해도 힘들다는 거 잘 알아요, 저 같은 손님이 제일 싫죠? (네, 당연하죠) 그런데 이런 사람 되게 많죠? 그럴 거예요, 질리기도 하겠어요, 당신도 일 힘들죠? 저도 그런 건 다 아는데요, 이해합니다, 어느 정도는요, ……그래도요, 어

내가 있는 여러 장소들

느 정도까지만이에요, 그렇잖아요, 그쪽 회사가 그만 한 일을 저질렀기 때문에 이러는 거잖아요, 당연한 거예요, 그러니까 아주 성가신 고객이라는 말, 입 밖으로도 안 냈으면 좋겠고, 머릿속으로도 안 했으면 좋겠어요, 저는 이번에 그쪽 회사 때문에 <u>스트레스</u>를 받았거든요, 이거 보통 일이 아니에요, 농담 아니에요, 지금 저는 집에서 인터넷이 안 되는 상태라니까요, 무인도에 갇힌 것도 아니고, 이 스트레스 어쩔 거예요, 내가 얼마나 스트레스 받고 있는지 이해가 돼요? 스트레스만 받는 게 아니에요, 일을 집으로 가지고 와야 할 때도 있는 거 아니에요? 그런데 전 못 한다니까요, 온라임 게임도 지금 계속 못 하고 있고 (당신 지금 그렇게 열내는 제일 큰 이유가 그거지?) 어떻게 생각해요? armyofme 씨, 그냥 개인적인 솔직한 의견을 꼭 좀 듣고 싶거든요, 그거 듣기만 해도 스트레스가 줄어들 것 같거든요, 네? 이거 부탁드리는 거예요, 그냥 우리끼리만 알게, 당신 솔직한 생각을 말해보세요, 회사 입장이고 뭐고 지금 잠깐 그런 거 떠나서, 순수하게 당신이 한 사람의 인간으로서 생각했을 때, 내가 화내는 게 이상해요? 내 요구 정당한 거 아니에요? 내가 지금 아까부터 말도 안되는 얘기하고 있어요?

나는 그런 식으로 호소하는 듯한 소리를 듣고, 정에 약하기도 해서 나도 모르게, 아니요, 그건 아니죠, 라는 말이 나와 버렸다. 말을 하자마자 후회가 밀려왔지만, 이미 때는 늦었다. 잠시 침묵이 흐르고, 음, 뭐, 그렇죠, 그건 아니죠, 하며 고객은 기분이 좋아졌지만, 당연히 나와 고객과의 통화는 매니저와 그룹 리더들이 모니터링하고 있었다.

이 콜센터에는 총 80명에 가까운 오퍼레이터가 일하고 있고, 한 명당 간단한 사무용 책상과 그 위에 헤드셋이 설치되어 데이터베이스와도 연결된 전용 시스템 단말기 한 세트가 마련되어 있다. 한 줄에 책상 열두 개가 옆으로 나란히 붙어 있고, 그 층에는 그런 줄이 전부 여덟 줄 있었다. 책상마다 삼면을 가리도록 파티션이 있었다. 리더라고 해봤자 그들도 콜센터에서 1년 넘게 경험을 쌓은 오퍼레이터 중에 선발된 아르바이트였고, 딱히 정사원은 아니지만 그들의 단말기에는 오퍼레이터들의 현재 통화상황을 한눈에 알 수 있는 관리 소프트가 들어 있어서, 그 화면으로 이 층 전체의 좌석 배열과 똑같은 레이아웃으로 늘어선 셀이 보였다. 셀은 각각 해당 오퍼레이터의 현재 상황, 즉 지금 통화 중인지, 통화가 끝나 일지를 입력하고 있는 중인지, 대기 중인지가 색깔별로 다르게 표시되었다. 한 고객당 통화 시간이 20분이 넘으면, 시스템은 자동으로 경계 태세라고 인식해 셀이 빨간색이 된다. 그러면 그 전까지는 랜덤으로 픽업해서 모니터링하던 리더들이, 이젠 모니터링 대상자를 콕 집어낸다. 그러니까 나의 셀은 당연히 빨간색이 되었을 것이고, 내 통화는 리더들 몇 명한테 있는 그대로 전달되고 있는 것이다.

고객과의 한 시간 가까운 통화는, 고객이 지치기도 했고 포기하면서 드디어 끝이 났다. 일지를 입력하고 있는데 내선이 걸려와 받아보니 그것은 리더 중 한 명인 S 씨였다. 나는 역시나, 그 S 씨로부터 온화하게 주의를 받았다. 그 내선을 끊고 난 직후부터, 나는 어쩔할 바를 모를 패배감이 들어, 내장이 꽉 조이는 기분이 들기 시작했다. 그것은 호흡이 금방 포화 상태가 되는 것 같은 느낌이었다. 그 느낌은 잠시 동안 계속 이어졌다.

이렇게 저렇게 해서 퇴근시간이 됐다. 나는 헤드셋을 벗고, 곧바로 내 헤드폰을 귀에 낀 뒤, 누구보다도 먼저 그곳을 나왔다. 대부분은 다른 스태프와 이 음침한 곳에서 잡담을 나눈 다음에 귀가들을 한다.

유라쿠초有樂町선 지하철을 타고 가면서도, 내장이 조이는 느낌은 계속 들었었다. 나는 치킨난반(일본식 닭튀김 요리―옮긴이) 도시락이 너무 먹고 싶어졌다. 특별히 공복이어서 그런 것이 아니라, 그것을 먹고 얹혀서 지금보다 더 괴로워지고 싶었기 때문이었다.

집 근처에 있는 세븐일레븐에 들어갔다. 나란히 줄지어 있는 도시락 라인업에 치킨난반은 없었다. 가라아게 도시락은 있었지만, 그런 것으로 타협해버리면 끝장이니까, 아무것도 사지 않고 세븐일레븐을 나와 200미터 정도 떨어진 훼미리마트로 갔다. 거기에는 있었다. 나는 점원에게 도시락을 데워달라고 했다.

집으로 들어와 곧바로 컴퓨터 앞에 앉았고, 도시락을 먹으면서 나는 블로그에 아까 그 리더의 불합리하기 짝이 없는 말들을 써내려갔다. 그 말들은, 마치 내장을 조이고 있는 그 감각이 나를 매개로 해서 직접 써내려가는 것 같았다. 나는 말할 때의 S 씨 목소리나 그때 건들거리는 팔을 떠올리며, 아유, 수고하셨어요, 이번 건 길어졌네요, 고생하셨어요, 정말, 음, ……그런데 죄송해요, 한 가지만, 지금 통화에서 armyofme 씨 대응 방식에 대해서 한 가지만 말씀드려도 되죠? ……내가 무슨 말을 하려고 하는지는 아마 아실 거 같은데요, 아무튼 죄송해요, 한 가지 말해야겠어요, 음, ……아무래도 armyofme 씨는 회사 쪽 입장에서, 여기서 일을 하고 있다는 게 우선 있잖아요, 실제로 애써주시는 건아는데요, 음, 그래서 말이죠, 그러니까 뭐 어떻다는 얘기는 아니고, 죄송해요, armyofme 씨가 고객님한테 방금 같은 소리 들었을 때, (여기서 나를 동정하는 것 같은 것처럼 가까이 다가와 속삭이는 목소리로) 현실적으로 저도 마음은 너무 잘 이해가 돼요, 솔직히 말해서 그 고객님이 말하는 거 맞잖아요, 음, 그러니까 마음은 굉장히 정말로 저도 이해가 되고, 진짜 그냥 개인적으로 말하면 그럴 수 있다고 생각을 하는데요, 그래도 표면적으로는 아무래도, armyofme 씨 그런 식으로 대응을 하시면, 그러니까 내 말은, ……그다음에 일이 어떻게 되겠냐 이 말이에요, 물론 고객님 입장에서 보면, 그쪽에서야 그때 armyofme 씨가 그렇게 말해주니까 훨씬 후련해졌을 것 같아요, 솔직히, 그래서 그런 의미에

　　　　　　　　　내가 있는 여러 장소들

서는 armyofme 씨가 그렇게 말을 했기 때문에 통화가 더 길어지지 않았을지도 모르는 거고, 뭐, 그래도 한 시간은 충분히 긴 시간으로 분류가 되긴 하지만요, 그래서 뭐 앞으로는 되도록 이런 일은 발생하지 않도록 해주셨으면 하는 점이 있죠, 아, 그래도 이번에 armyofme 씨 케이스는 어쩔 수 없는 부분도 있었다고는 생각을 해서요, 그 점은 좀 그랬다고 생각하는데요, 음, ……지금 잠깐 원래 하려던 얘기에서 조금 벗어났네요, 방향 좀 다시 틀게요, 제가 아무래도, 어쩔 수 없는 상황이 여러 가지로 있겠지만요, 회사 입장에 있는 사람으로서 armyofme 씨는 여기 콜센터의 한 일원으로서 고객님에게 응대를 하고 있는 거라고, 가능하면 그런 점을 의식해서 해주시면 좋을 것 같다, 뭐 그렇다기보다, ……죄송해요, 더 강하게 말씀을 드리면요, 그런 마음으로 해주셔야 돼요, 이 일을 하는 이상 armyofme 씨는 회사 사람이라는 자각을 더 강하게 하셨으면 좋겠다는 생각이 들었어요, 아니 들어요, ……음, 이상입니다, 그럼, 죄송해요, 지금 작업일지 입력하고 있었죠? 그럼 계속 일지 신속하게 입력하시고, 또 척척 콜 받아주시는 걸로, 잘 부탁해요, 그럼 오늘도 앞으로 일 열심히 해주시고요, 기대하고 있겠습니다, ……그러나 이런 식으로 S가 떠들어댄 말들을 되도록 그대로 옮겨 적고 업로드해도, 그걸로 내 내장이 조이는 느낌은 사라지지 않았다. 오히려 쓰고 있는 동안 이상하게 흥분하고 말았기 때문에, 오히려 지금 더 몸이 덜덜 떨릴 것 같은 이 불쾌함을 어떻게 해야 될지 모르겠는 복잡함이 더해져, 나의 상태는 더욱 심해졌다. 블로그에 뭔가 씀으로 인해 속이 후련해질 때도 물론 있었다. 하지만 오히려 기분이 더 나빠지는 일도 가끔 있었다. 이 강도 높은 기분 나쁨은, 몸 전체에 옅게 잠재되어 있는 느낌인 것일까, 아니면 머릿속 지극히 국부적인 부분을 떠안고 있는 것일까, 나도 그것을 잘 몰라서, 이쪽인가 싶다가 또 금방 저쪽인가 싶어졌다. ……하다가, 여기서 스크롤바가 드디어 마지막 아래까지 도착했고, 더는 움직이지 않았다. 그리고 곧장 화면은 여태까지와는 전혀 다른 레이아웃의 다른 블로그로 넘어간다. 하지만 거기에 쓰여 있는 블로거의 이름을 각성 중인 의식의 이쪽 편으로 가져오는 일은, 다시 말해 여기에 그것을 써내려가는 일은 불가능하다. 단, 그게 남편의 블로그라는 것만큼은 바로 알았다.

나는, 아직 변함없이 나의 축 늘어진 몸을 이러지도 저러지도 못 하고 있다.

남편의 블로그에 따르면, 내가 그때 나한테 나는 것 같았던 그 추악한 냄새를 그때 정말로 내가 낸 게 맞았던 것 같다. 남편에게 있어 그 냄새는 너무나도 갑작스럽고 상식 밖의 일이라, 처음에 그 냄새를 분명 인식했음에도 인식하는 그 영역 안에 그 냄새를 집어넣을 수 없었고, 그런 시간이 있은 후에 겨우 그걸 인식의 영역 안에 넣을 수 있었는데, 그다음에도 남편은 내 얼굴을

내가 있는 여러 장소들

보고 그 냄새에 대해 왈가왈부하지도, 따지지도, 걱정을 하지도 않고, 무슨 말을 할지 망설이다가 결국 아무 말도 안 하고 넘어갔다.

남편은 그때 진심으로 놀랐던 것이다. 이 여자 스컹크인가, 하는 생각이 들었다고 쓰여 있었다.

남편은 실제로 스컹크 냄새를 맡아본 경험이 있는 것은 아니었다. 하지만 어렸을 때 기르던 강아지가 주사를 맞아야 해서 동물병원에 데려간 적이 있었는데, 강아지는 그때 처음으로 주사를 맞는 게 아니었기 때문에, 앞으로 자기가 쓰디쓴 아픔을 맛볼 것이라는 것을 알고 그게 싫어 치료대 위에서 엄청나게 지독한 가스를 배출해버린 것이다. 수의사가 그것을 보고 스컹크 가스와 똑같은 거라고 남편에게 가르쳐주었던 것인데, 그런 냄새를 맡은 경험이 있는 남편은, 그때 내가 방출한 그 냄새가 그것과 똑같은 냄새였다고 블로그에 적어놨다.

내 방 천장에 있는 형광등 중, 바깥에 고정된 커다란 원 모양의 것은 지금 불이 나가 있었다. 우리는 그것을 벌써 일주일 이상 새로 갈지 않고 방치해두고 있었다. 이케부쿠로池袋는 이 집에서 봤을 때 어느 쪽 방향에 있을까? 나는 그런 방향 감각이 전혀 없었다.

나는 내가 이렇게 이불 위에 계속 엎드려 누워 있는 것에, 실은 아까부터 상당히 짜증이 나 있었다. 하지만 나는 분명, 남편이 오늘 막차 또는 거의 막차를 타고 집에 왔을 때도, 이 이불 위에 몸을 눕힌 채로 있을 것이다. 난 원래 언제든지 그리고 얼마든지 잘 수 있는 사람이라, 어쩌면 그때 나는 사람 오는 소리도 못 듣고 자고 있을지도 모른다.

하지만 만약에 일어나 있다고 하면, 나는 남편에게 오늘 내가 아르바이트를 안 가고 쭉 여기 이러고 있었다는 것을, 아마 제일 먼저 솔직하게 털어놓으려고 할 것이다. 그건 정직한 고백, 아름다운 것 같으면서도 올바른 마음속 외침을 따르고자 하는 스스로의 다짐 같은 것은 전혀 아니다. 어쩌면 꼭 남편이 아니더라도 누구든 좋으니까, 그러니까 나한테는 그런 사람이 남편밖에 없지만, 성질을 긁을 말을 들어줄 누군가가 즉 나의 피해자가 되어줄 사람이 절대적으로 필수불가결하기 때문이다. 일단 남편을 내가 지금 처한 이 무기력한 상태에 최대한 근접한 곳, 최대한 같은 위치로 끌어내려와 거기 있게 하고, 거기서 내가 안고 있는, 주로 패배감을 머금으며 머릿속이나 몸속을 얼음사탕처럼 데굴거리며 잔뜩 몰려다니는, 그런 앞으로 아무런 쓸모가 없는 폐기물 같은 그것들을 정말로 떠넘길 수 있을지 없을지는 몰라도, 아무튼 한 개라도 더 많이, 내어줄 만큼 내어주고 싶기 때문이다.

하지만 그 얘기를 들은 남편은 내가 원하는 반응, 예를 들어 짜증나 죽겠다는 표정을 누구라도 알 수 있게, 있는 그대로 지어 보이는 일 따위는 아마도 하지 않을 것이다. 별로 노골적이지 않

내가 있는 여러 장소들

아도 상관없다. 나에게는 남편의 그런 반응이 무엇보다도 필요하다는 사실을, 남편은 전혀 알지 못하니까. 왜 남편은 나를 위해 조금도 그런 행동을 해주지 않는 걸까?

나의 갈비뼈 중 제일 아래 있는 뼈가, 살과 이불로부터 완충작용을 받으며 바닥과 정면으로 맞닥뜨리고 있었다.

나에 대해 관용을 베푸는 것이 언제나 나에게 최선이 될 것이라고, 남편은 늘 그렇게 생각했다. 전혀 그렇지 않다는 것을, 그런 태도 때문에 나는 오히려 내가 속이 좁다고 매도당하는 것처럼 느껴질 뿐이라 그러지 좀 말았으면 좋겠다고 생각하는 것을 도무지 이해하려 하지 않는다. 그걸 이해해야만 한다는 것을 남편은 도통 깨닫지를 못한다. 나는 몇 번이나 말하고 행동으로도 보여주었다. 그런데 아마 남편은 자기가 하는 짓이 옳다는 생각에서 빠져나올 수가 없어서, 솔직히 나는 남편이 진심으로 빠져나올 생각이 없기 때문에 그런 거라고 생각하지만, 내 입장, 내 사고방식으로 생각해보려는 노력은 조금도 하지 않는다. 나는 가끔 이 사실이 정말로 화가 난다.

남편은 나에게 피곤하단 소리도, 같이 아르바이트하는 사람들에 대한 불평도 하지 않는 인간이었다. 하지만 그 대신 술을 사와서, 가끔은 발포주를 긴 캔으로 세 개나 네 개를 마신 적도 있었다. 내가 게임기 코드를 잘랐을 때도 그랬다. 그는 과연 진심으로 그때 나에 대한 일종의 살의를 조금도 느끼지 않았을까?

내가 일단 진정하자, 남편은 굉장히 조용한 기척만을 내며 집을 나갔다. 너무나 조용하고, 또 심하게 움츠렸기 때문에, 오히려 비굴한 방식으로 분노를 표명하는 모습으로도 안 보였다. 구두 신을 때조차 소리를 내지 않았다. 그리고 남편은 제일 가까운 편의점까지 걸었다.

언덕을 완전히 다 내려가기 전, 큰 길이 나오기 직전에 편의점이 있었다.

반대로 언덕을 올라가면 가게 같은 것은 아무것도 없다. 올라가면 바로 우체통이 있다.

언덕길은 시작부분의 경사가 완만한 곳까지는 거의 일직선으로 뻗었다. 중간에 한 번 짧은 터널이 있다. 터널을 나오면 곧장 급경사가 시작되었고, 약간 꾸불꾸불한 길이 되다가 중간부터 계단이 있었다.

도로는 언덕이 있는 곳까지는 아스팔트이고, 계단이 있는 곳부터는 콘크리트였다. 콘크리트는 흰색이 강해 낮에 보면 더러웠다. 아스팔트는 아스팔트 냄새가 나고, 콘크리트는 콘크리트 냄새가 났다.

계단은 언덕의 정상까지 이어지지는 않고, 한 20미터 아래에서 끝났다. 거기부터는 다시 언덕길이었다. 길은 쭉 콘크리트로 되어 있었다. 언덕길의 콘크리트에는, 직경 20센티미터 정도로 미끄럼 방지를 위해 둥글게 움푹 파인 곳이 일정 간격으로 나 있었다.

경사가 사라지고 걷기 편해지고부터는, 더 가봤자 무인 주차 장 아니면 그냥 맨땅인지 아니면 주차장으로 쓰려고 정해놓은 곳 인지 마른 땅이 그대로 드러난 구역이 나온다. 거기는 좁은 부지 한쪽 구석에 물건들을 쌓아놓은 헛간이 방치된 게이트볼 운동장 같은 곳이었다. 초등학교와 중학교도 하나씩 있었다. 하지만 둘 다 우리와는 아무 상관이 없는 곳이었다. 교정에서 놀고 있는 아 이들은, 설령 그 애들이 모두 유령이라고 할지라도, 우리에게는 딱 히 유령이지 않을 때와의 차이가 하나도 없었다.

그 근처로는 도서관, 그리고 지역 집회소 역할을 하는 낮은 건 물도 있었다.

정상에는 공원이 있었다. 거기만큼은 높이 뻗은 활엽수들이 모여 있었다. 실제로 가까이 가보면 생각보다 울창한 느낌은 들지 않았다. 군데군데 나무들은 다른 곳에도 당연히 있었다. 그 공원 에는 산의 비탈길을 이용한 기다란 미끄럼틀이 있었다.

남편을 기다리는 동안, 나는 휴대전화를 만지작거리며 별자리 운세를 보면서, 텔레비전은 여전히 켜둔 채 소리만 듣고 있었다. 남 편이 편의점에 다다른다. 아직 조금 떨어져서 봤을 때의, 마치 따스 한 온기를 담은 빛줄기를 따라가는 것처럼 보이는 그 모습. 남편은 편의점 안으로 들어가 정보지들만 담아놓은 전용 선반에서 무가 지를 집어 들었다.

남편이 집에 왔을 때, 나는 내 별자리 운세는 이미 다 보고 마침 남편 별자리의 주간 운세를 보고 있던 참이었다.

무가지에는 집에서 그리 멀지 않은 곳에 위치한 드러그스토어에서 스태프를 모집한다는 내용이 실려 있었다.

남편은 다음 날 아침, 거기에 쓰여 있는 전화 응대 시간에 맞춰, 내 앞에서 전화를 걸어 면접 날짜를 잡았다. 빵도 다 먹지 않았는데, 시간이 됐다며 그런 것이었다.

다음 날 오전, 남편은 집을 나가 면접을 보러 갔다. 그날로, 그것도 저녁이 되기도 전에 전화가 왔다. 남편은 그 아르바이트 자리를 무난히 손에 넣었다.

아르바이트는 그다음 날부터 바로 시작됐다. 처음에는 연수를 받았다. 점포에서 직접 하는 것이 아니라, 니시신주쿠西新宿에 있는 본사로 가야했다. 그 건물에 있는 어느 한 층은 전부 연수 전용으로 쓰였다. 남편은 9시 아슬아슬하게 도착했다. 이미 자리에 앉아 있는 사람이 세 명 있었다. 남편은 더 될 거라고 생각했다.

바퀴가 달린 기다란 접이식 사무용 책상이 학교 교실에서처럼 배치되어 있었다. 앞쪽으로 보이는 벽 앞에는, 프린트아웃 기능이 부착된 화이트보드가 있었다. 세 명 다 뒷자리에 앉았기 때문에, 남편도 거기에 나란히 앉았다. 그러고 나서 한 명이 더 들어오고, 바로 뒤이어, 보자마자 딱 티가 나는 미소 띤 얼굴

내가 있는 여러 장소들

과 복장, 헤어스타일을 한 연수담당자가 들어왔다.

그 사람은 인사와 자기소개를 했다. 그리고 오늘부터 나흘간은 연수의 전반부에 해당하며 이곳 연수 룸에서 집단 연수를 받게 될 거라고 했고, 그다음 사흘간은 연수 후반부가 되며 각자 점포에서 실제로 일을 하면서 실습을 받을 거라고 설명했다. 남편을 포함한 다섯 명의 연수 수강생들에게 그는 서류를 한 장씩 나눠줬다. 거기에는 창업년도와 자본금, 종업원 수, 전년도 매출, 과거 5년간 경상이익의 추이, 도쿄증권거래소 제2부 상장년도, 그리고 앞으로 제1부 상장목표년도 등이 적혀 있었다. 그 종이에 쓰여 있는 것과 똑같은 내용이 그 사람의 입을 통해 설명되었다. ᔕᔕᔕ 그후, 접객이나 계산대 조작법에 대한 연수용 비디오를 봤다. 방 안은 어두워졌다.

그사이 사람들은 조금씩 늘어나 마지막에는 결국 스무 명 정도가 되었다.

내 몸은 발라당 누워서 그냥 자려고 해도, 좌우 어느 곳 하나가 꼭 공중으로 떴다. 난 어딘가가 완전히 비틀어져서, 이제 다시는 원래대로 되돌릴 수 없는 것이다.

나는 남편이 첫날부터 가게에서 일하는 줄 알았다. 별로 숨길 필요도 없는 것을 나한테 숨겼다는 건, 나에게 빈정거린 거라고 해석하면 될까? 남편은 편의점을 다녀오면서 발포주도 같이 사왔는데, 딱 자기 혼자 마실 분량만 있었다. 남편은 처음에는 5백 밀리리터짜리 캔을 하나만 살 작정이었다. 그런데 편의점 안을 둘러보다가 두 개 사기로 마음을 바꿨다. 결국 포테이토칩스도 같이 사왔다. 무가지는 남편 오른쪽 옆구리에 끼어 있었다. 이때까지는 아직 둘둘 말리지 않은 상태였고, 발포주를 담은 하얀 비닐봉지에 같이 넣지도 않았다.

지금은 완전히 원통처럼 말렸을 때의 흔적이 선명하게 남아 있었다. 그리고 마룻바닥 위에서, 내 머리 부근에서 1미터 정도 떨어진 곳에서, 마치 세월이 흘러 쓸모없어진 정보밖에 없는 과월호마냥 나뒹굴고 있었다. 새것이었을 때는 깔끔했던 종이 아래쪽 단면이 이제는 하도 구겨져서, 반듯이 있었을 때와 달리 너무나 재생지 같아 보였고, 그 칙칙한 하얀색은 훨씬 더 도드라지는 것 같았다.

남편은 발포주를 다 마시기도 전에 그 근처에서 자리를 깔고 누워버렸기 때문에, 다음 날 아침 내가 남은 술을 싱크대가 아니라 화장실 변기에 버리고, 캔을 부엌에 가져와 헹군 뒤 말려두려고 마룻바닥에 나란히 세워두었다. 그가 누워버리기 전, 발포주를 마시면서 무가지를 뒤적거리던 시간은 15분도 채 되지 않는 지극히 짧은 시간이었는데, 그때 남편은 장판 매트 위에 엉덩이를 깔고 무릎은 천장을 향하도록 가지런히 모아 앉아 있었다. 남편은 캔의 뚜껑을 딸 때도 소리를 내지 않으려는 사람처럼 보였다. 하지만 나는 그걸 내내 보고 있었는데, 딱히 몰래 본 것은 아

내가 있는 여러 장소들

니었다. 남편은 엄청난 속도로 첫 번째 캔을 마시고, 연달아 두 번째 캔을 땄다. 하지만 그때 첫 번째 캔에는, 아직 술이 남아 있었다. 포테이토칩스는 한 번에 여러 개를 입에 넣어 순식간에 다 먹어치웠다.

남편이 엎드려 있는 벡커스의 카운터 자리로부터 한 칸 빈 자리를 끼고 오른쪽 옆자리에, 옅은 회색 정장을 입고 짧은 머리를 한 젊은 여자가 앉아 있었다. 그녀는 아까 전부터 거기에 있었고, 잠을 자는 남편을 멀거니 쳐다보다가, 마침 지금 그 자리에서 쓰고 있던 아주 긴 글이 담긴, 자기 오른손에 들린 휴대전화 화면을 보기도 했다.

카운터 위에는 신문이 놓여 있었다. 신문은 중간쯤에 있는 경제면이 제일 위로 올라와 네 번 접힌 상태로 있었다. 거기에는 어제 발표된 아이팟 나노와 소니의 새 워크맨 사진이 인쇄되어 있었다. 그 아래로는, 휴대용 음악 플레이어의 국내 시장 점유율을 나타내는 작은 원 그래프도 그려져 있었다. 뒤집어 접어놓은 선이 처음 신문지에 난 선과 어긋나버렸기 때문에, 네 번 접힌 모서리 부분이 볼록 부풀어 부피감이 꽤 되어 보였다.

내가 문자를 보내고 남편 휴대전화가 진동하기 시작했을 무렵, 여자는 그 진동에 비교적 민감하게 반응했고, 휴대전화 근처에서 엄지손가락을 허공에 한 번, 두 번, 뭘 쓰기도 지쳤다는 식으로 돌리더니, 자기 휴대전화 화면에서 눈을 돌려 내 남편의 휴대전화 화면으로 시선을 옮겼다. 남편조차 자고 있었기 때문에, 그 카페 안에서 그 진동에 그렇게까지 반응을 한 것은 그녀뿐이었다. 하지만 거리가 있어서, 그녀 위치에서는 화면 속 글자가 읽힐 정도는 아니었다. 어쩌면 그녀는 전화의 진동은 전혀 느끼지 못했고, 줄곧 편안하게 앞으로 고꾸라진 남편 모습을 주시하고 있던 것인지도 모른다.

남편은 그때, 귀에 하얀색 이어폰을 꽂고 있었다. 이때 큰 볼륨으로 음악을 듣고만 있었어도, 남편은 내가 보낸 문자를 실시간으로 알아차리고 잠에서 깨어 났으려나? 하지만 만약에 문자를 읽었다고 쳐도, 그건 순간 떠오르는 말을 그냥 나열하기만 한, 무슨 예문집에서 가져온 것 같은 무미건조한 글자일 뿐이었다.

이제 두 시간 있으면, 드러그스토어에서 아르바이트를 시작할 시각이었다.

젊은 여자는 구두를 벗고, 스타킹으로 빈틈없이 감싸인 다리를 허공에 늘어뜨리고 있었다. 그녀는 가끔 양손으로 동시에, 약간 부어오른 양쪽 종아리를 몇 차례 가볍게 주물렀다. 굽이 있는 검은 구두가 바닥에, 왼쪽 구두만 옆으로 쓰러져 있었다. 오른쪽 것은 제대로 서 있었다.

처음에 그녀는 그냥 남편 귀에서 쭉 늘어진 이어폰 줄만 잠깐 쳐다볼 뿐이었다. 하지만 어느새 이어폰이 꽂힌 남편의 귀 전체를 마치 하나로 된 무언가로 인식하며, 그 언저리를 응시하고 있었다.

이어폰에서 흘러나오는 소리가 수증기나 연기와도 같은 형상으로, 귀와 이어폰의 접점이 되는 그 틈새에서 흘러나오는 것이 순간 보인 것 같았다. 남편의 머리는 전체적으로 짧았기 때문에, 귀는 무방비로 드러나 있었고, 또 고립되어 있었다. 구레나룻이 없고 매끈한 피부만 보여 더욱 그랬다.

그녀는 그렇게 그 자리에서, 그의 귀 형상을 보며 여기서는 이렇게 올라갔다가 이렇게 커브를 틀고 뭐 그런 구체적인 생각까지는 하지 않았지만, 복잡하게 얽혀 있다는 인상 하나만을 갖고 귀를 보는 행위에 몰입해갔으며, 그러는 사이 귀가 귀로 보이지 않을 때까지, 그리고 누구 하나 그런 생각을 안 하지만 실은 말도 안 되는 게 보인다는 듯이, 점점 그렇게 보일 때까지 보고 있었다. 그리고 나서도 또 더 보고, 그리고 우묵하게 들어간 곳과 불룩 튀어나온 곳이 만들어낸 그늘진 모양이 나타내는 의미가 완전히 전혀 다르게 느껴질 것 같은 때, 그 직전까지 그녀는 와 있었다. 그녀는 팔꿈치를 카운터에 대고, 손바닥을 처음에는 그냥 꽃받침처럼 열어두었다가, 바로 관두고, 그 손을 이번엔 얼굴로 가져가 귀와 눈꼬리 사이 부근에 놓았다. 그리고 잠시 그대로 있었다. 그녀는 그렇게 함으로써 그곳에 조금만 더 있기로 했다. 하지만 그보다 더 나아가지는 못했다.

슬슬 일어나볼까, 하고 나는 생각했다. 이대로 누워 있는 것보다 일어나는 게 몸이 더 편할 것 같다는 생각이 문득 떠올랐기 때문이다. 나는 일단 등을 깔고 누운 자세를 취하고, 그대로 허리부터 아래를 들어올린 뒤, 무릎을 구부려 얼굴에 가져다 댔다. 그리고 허리를 손으로 받치고, 무릎을 뻗어 다리를 수직으로 하늘로 뻗었다. 천장을 배경으로, 나는 내 다리를 봤다. 하지만 그 자세는 너무 힘이 들어서 10초도 못 버티고 바로 포기해 몸을 다시 원래대로 되돌려놓았다.

남편의 오른쪽 귀에서 드리워진 이어폰 줄과 왼쪽 귀에서 드리워진 줄이 만나는 부분이, 카운터 위에 맨살로 내동댕이쳐진 남편의 오른쪽 팔꿈치, 그것도 뽀족한 부분에 스치고 있었다. 남편의 오른쪽 팔꿈치는, 상당히 거의 직각에 가까운 예각으로 구부러진 상태였다. 팔꿈치의 뽀족한 부분은, 옛날에 생긴 멍이 작게 검붉은 색으로 몇 군데 남아 있었고, 그것은 얼룩처럼 되어 더러워 보였다. 이어폰 줄은 팔꿈치를 스치고 곧장 카운터 면에 맞닿아, 거기서부터 오른손 앞쪽으로 이어져, 그대로 카운터에서 삐져나온 남편의 카키색 바지 대퇴부에 있는 헐렁한 주머니 속으로 들어갔다. 남편을 바라보는 그녀의 관심은 거기서 드디어, 그리고 돌연 끝이 났다. 남편은 그때 무얼 듣고 있었을까? 이어폰 줄을 타고 흐른 음악은 아까부터 쭉 남편의 귀까지 소리들을 퍼 나르고 있었다.

카운터 바로 앞은 유리로 된 외벽으로, 거기에 자기 얼굴이나 카페 안 풍경이, 밤처럼 또렷이는 아니어도 비치고 있었다. 카페를

내가 있는 여러 장소들

나가는 길에 손님이 트레이를 올려놓을 수 있는 장소도 보였다. 아마도 점원들은 정기적으로 그곳을 정돈하도록 되어 있는 모양인지, 지금도 한 명이 와서 치우고 있었다.

태양을 가린 구름이 끊어졌다. 거기서 빛줄기가 새어 나오고, 카페 안에 있는 하얀색인 것들은 모조리 그 윤곽이 어슴푸레해졌고, 하얀색은 더 강해지는 것 같은 현상이 동시에 일어났다.

옅은 회색 정장을 입은 젊은 여자는, 창문에 비친 것이 아니라 그 너머에 실제 있는 것에 초점을 맞추고 있었다. 그녀는 처음부터 그쪽에 관심이 있었다. 하지만 잠시 어찌할 바를 몰랐던 것이다.

그녀는 1인용 의자에서 아주 조금 허리를 들어 이마를 유리에 가져다 대고, 그대로 잠시 동안 사람들이 오가는 역 앞의 보도를 내려다 보았다. 그 보도블록 안쪽으로 큰 차도와 보도블록 사이에 택시 정거장이 있었는데, 거기에 한 줄로 택시 몇 대가 세워져 있었다. 길은 카운터의 정면으로 난 창문에서 봤을 때, 아슬아슬하게 프레임이 잘리는 왼쪽 아래 부근에, 다른 길 몇 개와, 교차로보다 조금 더 복잡하게 교차되어 있었다. 택시 안에 있는 운전기사 아저씨들은 모두 의자를 눕혀놓고, 신문이나 주간지를 읽고 있었다.

교차로 위로는 육교가 있었다. 그녀의 위치에서 보면 수도고속도로가 바로 그 위를 스쳐가는 것처럼 보였다.

남편의 엎드린 상체는 숨을 쉴 때마다 살짝 올라왔다가 내려가기를 일정한 간격으로 반복하고 있다. 남편의 몸 바로 왼쪽에 있는 벽도 윗부분은 창문으로 되어 있어 밖이 보였다. 그녀에게는 남편의 어깨와 등짝 너머로 육교 계단이 정면으로 보였다. 그녀는 육교를 오르내리는 사람들의 옷차림이나 양산을 쓴 자기사람이 이따금씩 눈에 띄는 것을, 가만히 바라보고 있었다.

큰길에는, 민주당 선거 유세차가 무슨 연설 같은 것을 하며 점점 이쪽으로 달려왔다.

나는 어깨를 올리며 목을 가만히 조금씩 뒤로 젖혔고, 그로 인해 흉부 위의 상체 부분 무게를 정수리가 다 받치는 자세를 취했다. 자연스레 나는 입이 벌어졌다.

육교 위, 하얗게 방수제로 밑칠이 된 난간의 세로줄과 세로줄 사이로, 어린애가 자기 머리를 집어넣어 도로를 엿보고 있었다. 바로 그 아래로 선거 유세차가 빠져나갔다.

다른 아이 둘이 장난을 치며, 잡았다~ 잡았다~ 하며 모모타로(일본 전래동화의 주인공—옮긴이) 노래를 하고 있었다. 가끔씩은 아아악 하고 소리를 질렀는데 그건 육교 위가 아니라 카페 안의 소리였다. 그녀는 남편에게로 눈을 돌렸다. 왜냐하면 남편이 처음으로 약간 크게 옴질옴질 움직였기 때문이었다. 그것이 그녀에게는 남편이 곧 일어날 것이라는 신호탄처럼 여겨졌다.

우리 집 냉장고가 거꾸로 뒤집혀 내 시야로 들어왔다.

내가 있는 여러 장소들

그건 그때 내 앞으로, 조금만 더 있으면 의인화된 존재로 탈바꿈해 나타날 것만 같았다. 분명히 그렇게 되기 바로 직전이었다. 하지만 마지막까지 냉장고는 냉장고인 채로 끝났다.

나는 이때, 이불과 장판 매트 사이를 뒤집으면, 실은 푹푹 빠질 만큼 물이 차 있고, 거기에 곰팡이와 이끼가 가득 피어난 거라고 잠시 상상하고 있었다.

카페 안에서 아까 소란을 피워댔던 남자 고등학생들은, 지금은 아무런 말없이 다들 고개를 숙이고 각자 자기 휴대전화를 보고 있었다. 숫자가 하나 줄어, 넷이 되어 있었다.

남편의 어깨와 목 근처 부위에서 힘이 빠지더니 탁 꺾여버렸다. 그리고 그 움직임이 남편의 몸 안에서 어떠한 연동을 일으켰는지는 잘 모르겠지만, 카운터에 놓여 있던 그의 팔꿈치가 일단 공중으로 붕 떠오르더니 강하게 카운터를 내리쳤다. 그 소리는 주변으로 울려 퍼졌다. 그녀는 소리가 났을 때 그쪽을 보았다. 그 말인즉슨 남편에게서 눈을 떼고 자기 휴대전화 화면을 보던 것을 멈추고, 다시 남편을 보았다는 것이다. 남편은 그렇게 깨어났다.

남편은, 나도 마찬가지였지만, 여태까지 쭉 제일 얇은 층의 잠밖에 자지 못했다. 그러니까 그보다 더 깊은 층의 잠이란 존재하지 않는 거나 마찬가지였다. 우리에게는 그런 층의 잠이란 급이 달라도 너무 다른 비행기의 퍼스트 클래스나 호텔의 스위트룸처럼, 손이 닿지 않는 존재였다. 아마도 지금 이 비유가 아주 정확한 것 같다. 그런 얕은 곳에서, 남편은 이제 막 오다큐小田急선 역에 많이 있는 것처럼 만들어놓은 가공의 역에서 실수로 반대 방향을 탔다가 금방 알아차리고 내려서 다시 원래 방향, 그것이 오다큐였 는지 아닌지도 잘 모르겠다는 꿈을, 전철을 타서 7시 반까지 아르 바이트를 하러 가야만 하는데, 휴대전화 시계를 보니 7시 23분이 라고 아슬아슬하게 도착할 것 같다는 꿈을 꾸고 있었다.

남편은 트레이 위에 있는 휴대전화를 집어 들고, 실제로 시각 을 확인했다. 그리고 남편은, 안녕, 고생하네, 괜찮아? 너무 무리하 지 마, 하고 쓴 내 문자를 읽었다. 남편은 감정이 복받쳤다기보다 는, 반사적인 느낌으로 시원하게 눈물을 흘렸다. 따스한 마음이 있는 탓이기도 했지만, 그 눈물은 남편의 것이었다기보다는, 마치 다른 어딘가에서 억지로 쥐어짜온 것을 남편 몸을 통해서 내보내 는 것만 같았다. 우는 시간은 매우 짧았다. 남편은 이때까지는 자 기 전의 자신과 잠에서 깬 지금의 자신이 연속된 존재라고 인지할 수 있다는 신기한 감정에 사로잡혀 있을 정도로, 아직 멍한 상태 였다.

남편은 한참을 부자연스러운 자세로 엎드려 있었기 때문에, 삐걱거리는 목을 뒤로 쭉 뻗었다.

나는 아직 등을 깔고 누워, 이제 턱을 천장 쪽으로 향하고 있었다.

옅은 회색 정장을 입은 여자는, 다시 자기 휴대전화 화면으로 시선을 돌려 어느새 차분한 모습이었다. 남편에게는, 이미 거의 들리지 않게 된 연설 음성이, 이어폰에서 들리는 음악보다 한 차원 멀리서 들려 왔다. 마치 원래부터 합쳐진 소리로 들리기도 했다. 남편에게 있어서, 잠에서 깼을 때 음악이 멈추지 않고 계속 연주 소리가 들린다는 건, 그때 가장 듣고 싶은 음악을 고심해 찾을 기회를 빼앗긴 것과도 같다고 느껴졌다. 무엇보다도 그런 때에는 음악을 들을 필요 자체를 못 느끼는 때도 있는 법이라, 그냥 있었어도 좋을 것 없는 데서 얕은 잠을 자다 깨어난 걸 더욱 힘 빠지게 만들었다.

오랫동안 이어폰으로 음악을 들으면, 뭘 들어도 소리가 단순한 압력으로밖에 느껴지지 않게 되고 또 지겨워진다. 그렇다고 음악이 싫어질 정도까지는 아니기 때문에, 어떻게 해야 될지 잘 모르겠는 그럴 때마다 남편은, 20대 초반이었던 시절부터 스펀지같이 생긴 오렌지색 귀마개를 꼈다. 귀마개는 늘 어디론가 사라져버리고 말았는데, 남편은 그때마다 새것을 샀다. 하지만 제대로 마음먹고 찾아보면, 그건 배낭이나 옷 주머니에 들어 있었다.

남편은 이제 벌써 서른 살이었다.

남편은, 이때 안경을 쓴 채로 잠이 들었다. 그래서 렌즈 바깥 면에 팔에서 묻어난 기름으로 흥건했다. 이날은 드물게도 늘 입던 청바지를 안 입고 나와서, 주머니에는 안경 닦는 천이 들어 있지 않았다. 트레이 위에 있던 종이 냅킨을 집었다. 그런 것으로 닦으면 렌즈에 상처가 난다고, 5,980엔에 이걸 판 조프(안경체인점—옮긴이) 직원이 이야기를 했었기 때문에, 평소에는 그 말을 그대로 지켰지만 지금은 별 수 없으니 쓱쓱 기름을 닦아냈다. 안경을 쓰고, 그후 카운터 옆 왼쪽으로, 옅은 회색 정장을 입은 젊은 여자가 휴대전화로 문자를 쓰고 있는 모습에 남편은 눈길이 갔고, 그녀를 지켜봤다.

그녀처럼 큰 키에 다부진 체격, 개구리처럼 눈 사이가 먼 얼굴은 분명 그의 타입이라고, 나는 생각한다. 왜냐하면 그녀는 바로 나, 다시 말해, 지금보다도 짧은 머리를 했을 때 이다바시에 있는 작은 광고 디자인 회사에 취직해 반년만 일할 때의 나, 출근 전 역 앞 벡커스에 가 아침을 먹던 나이기 때문이다. 그녀는 아까부터 쓰고 있던 문자로 다시 시선을 돌렸다. 거기에 쓰여 있는 긴 말들이 무슨 내용인지 나는 그 글자까지 읽을 수는 없었다. 하지만 어떤 글이 쓰여 있는지는 알고 있는데, 거기에는 내가 남편에게 아까 보낸 짧고 인정머리 없는 문자가 더 잘, 그리고 길게 쓰여 있고, 내가 남편에게 해주고 싶은 위로의 마음과 애정이, 내 몸의 늘어짐을 비롯한 온갖 장애에 저지당하는 일 없이, 편지라는 형태로 완벽하게 반영된, 임시보관함 속 문자가 적혀 있었다.

하지만 나는 거기에 쓴 문장, 글자를 읽을 수는 없다.

그녀는 남편을 멍하니 보다가, 시간이 조금 남은 탓에 계속해서 그걸 쓸 생각이 싹 사라지고 말았다는 사실을 깨달았다. 그녀는 그것을 삭제해버렸다. 그녀는 의자에서 내려와 옆으로 쓰러진 구두를 고쳐 세운 뒤, 꾸물거리며 그것을 신었다. 그리고 자리에서 일어섰다. 남편은 고개를 돌려 그녀의 커다란 엉덩이를 언뜻 쳐다봤다. 그녀가 계단을 내려간다. 남편은 휴대전화를 만지기 시작한다. 무슨 문자를 쓰고 있다.

내 휴대전화가 진동한다. 그러나 당연히 착각이었다.

그때 문득 부엌 바닥 근처에, 뭔가가 스멀스멀 움직이고 있었다. 그것이 무엇인지 금방 깨달았다. 그건 깜짝 놀랄 만큼 큰 바퀴벌레였다.

그녀는 벡커스를 나가, 회사가 아니라 역으로 되돌아가버렸다. 신주쿠 방면의 소부總武선은 금방 왔다. 노선은 이치가야市ヶ谷 조금 앞까지 초록색을 띤 물줄기를 가득 채운 외호와 평행해서 달리고 있다. 안쪽 물 언저리는 풀과 일정 간격으로 심어놓은 나무들로 뒤덮인 경사면으로 되어 있었고, 그것은 중간부터 돌담으로 쌓인 담장이 되어 약간 높이 올라간 제일 높은 곳을, 도로와 평행해서 달리고 있다. 도로 가장자리의 건물 대부분에는 교육산업이나 출판사 광고 따위가 걸려 있었다.

나는 바퀴벌레를 향해 있는 힘껏 휴대전화를 던진다. 물론 맞혔을 리가 없다. 휴대전화 충전지 커버가 슬라이딩되어 떨어지더니, 안에 있던 충전지가 코드째로 날아올랐다.

바퀴벌레는 아직 보이는 데에 있다. 냉장고 정면을 스르륵 올라가더니 세 개짜리 냉장고 문들 중에서 제일 위, 그 가운데보다 조금 아래까지 가서 멈췄다. 발포주 캔을 쓰러뜨린 건 저놈이 아닐까, 나는 생각했다. 틀림없이 그놈이 한 짓이 맞는 것 같았다.

　　나는 바퀴벌레를 죽이려고, 일어났다. 바닥에 떨어져 있던 둥글게 말린 흔적이 있는 무가지를, 나는 더 본격적으로 돌돌 말았다. 바퀴벌레는 부엌에서, 내가 누워 있던 방으로 와서 벽의 높은 쪽으로 도망친다. 옅은 회색 정장은, 이 방의 몇 개 안 되는 수납공간 중 가장 꺼내기 힘든 곳—그렇지만 안 쓰는 것만 넣어두어서 꺼내기 힘들어도 상관없는 곳에, 옛날 편지들이나 남편의 예전 게임기와 그 소프트, 나의 미대 시절 작품 등과 함께 옷걸이에조차 걸리지 못하고, 그래도 어쨌든 샀을 때 받은 커버를 씌운 채로 처박혀 있을 것이다. 방이 이 모양이니 아마 정장도 이미 곰팡이로 뒤덮였을 것이다. 바퀴벌레는 거기로 들어갔다.

오에 겐자부로상 심사평

\

여기 양질의 (새로운) 소설이 있다

1

지난해에 이어 올해까지 1년간, 저는 일본의 새로운 작품들을 읽었습니다. 올해에도, 오카다 도시키의 《우리에게 허락된 특별한 시간의 끝》에 수록된 중편소설 두 편을 읽고 (책으로 엮을 것을 미리 생각하고 두 작품을 구상한 것이라면, 편집 능력과 제목 짓기 능력 모두 보통이 아니라고 생각합니다), 굳이 여러 형용사를 가져다 붙일 필요도 없이 단적으로 양질의 (새로운) 소설을 읽었다는, 유쾌한 기분을 맛보고 있습니다.

저는 요즘 문예지를 기반으로 한, 문예서적으로서 출판되는 (이것이 바로 일본의 문학 수준을 유지시키는 체계입니다) 소설들에게서, 불안한 징후를 감지하고 있었습니다. 그 근본적인 요인으로는, 출판 저널리즘이 가진 "문예지가 팔리지 않는다"는 적나라한 인식이 있으며, 또 한편으로는 잘 팔리는 (백만 부 단위라는, 그 팔리는 방식 자체에서 이미 왜곡이 명백하지만) 웹소설로 인한 동요가 있습니다. 그리고 순문학을 쓰고자 하는 (곰곰이 생각해보면 이것 말고 또 미래를 바라볼 만한 생산성 있는 동기부여는 없습니다만) 젊은 작가들이, 의식적으로든 무의식적으로든 그 영향을 받는다는 것에 있습니다. 이 상태로 5년이 더 간다면, 거의 120년 전에 탄생한, 그리고 60년 전에 재출발한 근대·현대 일본문학은 소멸되겠지요. 그것이 이 늙은 작가의 추측입니다. 아니, 그 불길한 예감이 들어맞기 전에 오에 겐자부로 씨 당신이 돌아가실 것은 분명하니 절망적이면서도 태평하게 용서하자는, 그런 반응밖에 우리 문화비평계에 불러일으키지 않더라도 말이죠.

그런데 2003년에 사망한 문화비평가 에드워드 W. 사이드가 죽기 직전 밝혔다고 하는 (저자 본인의 책에는 수록되지 못하고, 저자보다 젊은 그의 친구들이 쓴 증언만이 남아 있습니다) '의지의 행위로서의 낙관주의'를, 문학의 범주 안에서 제게 실감시켜준 징후는 있었습니다. 그중 하나가 바로 이 책입니다.

2

저는 새로 간행된 문예 서적을 연속으로 30권 정도를 읽어가며('새로' 간행되었다고 할 수 없을지 모르겠지만, 후루이 요시키치

古井由吉의《詩에게 가는 골목길》(쇼시 야마다)에 수록된 〈두이노의 비가Duineser Elegien〉 번역문을 하루에 한 장석, 우울함을 떨쳐내기 위해 사이사이 읽어가며), 솔직히 말하면 후루이 씨의 면밀한 문장력마저 순순히 힘을 못 쓰던 와중에, 저는 드디어 이 책한 권을 만나게 된 것입니다.

이 책 안에 있는 두 편의 소설 중 첫 번째 작품인 〈삼월의 5일간〉은, 신문의 문화면 어딘가 시평에서 동시대의 주요 토픽들과 함께 소개되었던 것을 떠올리게 만들었습니다. 부시 대통령이 이끄는 미국이 이라크에 대규모로 군사행위를 시작하기 직전, 니시아자부에서 미국인들에 의한 비판적인 퍼포먼스 공연이 있었고, 그것을 함께 본 뒤, 말로는 잘 표현할 수 없지만 마음에 동요를 일으킨 일본의 청년과 젊은 여자가 러브호텔에 5일 동안 틀어박혀 섹스에 전념한다는 이야기입니다.

사실 저는, 그 전까지 쭉 읽고 있었던 소설들에서 빈번하게 등장하는, 너무나도 의미 없이 폭력적인 성 묘사에 싫증이 나던 참이었습니다. 하지만 이 중편 소설에서 젊은 두 남녀의 성행위에 대한 구체적인 묘사는 딱 한 번 나옵니다. 그 행위가 길어지면서 청년은 고통을 느끼고, "그가 자기 성기 바로 옆, 다리가 시작되는 양쪽 경계를 손바닥으로 세게 누르는, 그런 동작"을 시작하죠. 여자는 바로 알아차립니다. 그 기가 막힌 대목을 인용해보겠습니다.

"처음에 나는 그것을, 정반대의 의미로 해석했다. 조금 뒤에서야 겨우, 아, 아니구나, 반대구나, 지금 따끔거리고 얼얼해서 누르는 거구나 하고 이해했다. 문지른 부위에 자신의 감각을 집중시키도록 그는 가끔 눈을 감았는데, 그것을 보고서야 알았다. 나는 그럼 이제 그만할까? 하고 말하는 편이 좋을지 모른다. 하지만 만약에 그렇게 말하더라도 그는 아마, 아니야, 됐어, 괜찮아, 할 것이기 때문에, 그것 때문에 끝나는 일은 결국 생기지 않을 것이다."

이 대목에서 제가 우선 감탄했던 것은, 작가가 연극인이라는 사실은 책표지에 2백 자 정도로 정리된 소개글을 통해 알고는 있었지만, 소설을 쓰는 사람으로서도 이건 보통 솜씨가 아니라는 점이었습니다. 그렇게 저는 이 책에 빨려 들어갔고, 여태껏 결단코 맛보지 못한 (서른 권 가깝게 소설을 읽으면서도 느끼지 못한) 설레는 마음을 안고 계속해서 읽어 내려갔습니다.

청년과 젊은 여자가 오랫동안 계속할 수 있었던 (오로지 오랫동안 계속할 수 있다는 것에만 의미가 있습니다) 진지한 성행위가, 앞에 인용한 것처럼 지극히 미세한 몸짓을 관찰하는 것만으로 부족할 것 없이 표현되었고, 이 두 인물의 가여운 상태는 우리 독자들로 하여금 의심할 수 없이 명백하게 인간적인 공감을 불러 일으켰습니다. 또 마찬가지로 이 중편소설의 결말 역시 정성스레 관찰된 풍경을 하나 제시함으로써, 작가의 그 노련한 문장으로 우리를 압도하듯 설득시킵니다.

이 소설을 보면, 이야기도 인물들도 지극히 단순하게 선택된 것임에도 불구하고, 소설로서 전개되어가는 과정에 내포된 것들은 실로 풍부합니다. 그 이유는 화자, 즉 이야기의 주체를 여러 명 두고, 작가가 이를 매우 매끄럽게 전환시켰기 때문입니다. 맨 처음의 주체는 퍼포먼스 공연이 펼쳐질 장소를 향해 길을 가고 있는 시끄러운 젊은이 그룹이며, 이어 젊은 남녀 커플이 만들어지자, 우선 남자인 '내'가 이야기를 시작하고, 뒤이어 여자인 '나'로 화자가 바뀝니다. 그저 성행위만 하며 보낸 5일간, 단 한 번 호텔에서 나왔을 뿐인 젊은 남녀의 일상적인 생활 감각이 호텔요금을 지불할 때가 되어서야 되돌아오는 장면이 나오고, 두 사람이 호텔로 돌아가 헤어지기까지 그 묘사는 남자인 '나'에서부터 '그', '남자', 여자인 '나'에서부터 '그녀', '여자'라는 3인칭으로 변해갑니다. 이들 화자의 (이것이야말로 연극적인 연출이라고 볼 수밖에 없는 원활한) 전환으로 인해, 문장의 질과 톤이 그때그때 화자에게 어울리는 것이 되어가고, 그 기술은 소설가로서의 탁월한 솜씨로 나타납니다.

그리고 마침내 혼자가 된 그녀=여자는, 아침의 시부야 길거리에 서게 됩니다. 그리고 여자는 독특한 관찰력을 보여줍니다.

"여자가 보기에 길 왼쪽, 한 전신주 옆에 커다란 플라스틱 통이 놓여 있었고, 그 통 옆에는 크고 검은 개가 있었다. 개는 몸을 앞으로 숙여 쓰레기통에서 넘쳐 땅에 떨어진 것을 킁킁 헤집는 것처럼 보였다. 그런데 자세히 보니 그게 아니었다. 여자는 사람을 개로 잘못 본 것이었다. 개의 머리라고 생각했던 부위는 사람의 엉덩이, 그것도 발가벗겨진 엉덩이였다. 여자는 노숙자가 똥을 누는 것을 보고 있었던 것이다. 그 사실을 깨닫고 구역질이 난 것과, 여자가, 라기보다는 여자의 목이 "아" 하고 소리를 낸 것은, 거의 동시였다. 그 소리를 듣고 노숙자가 구부정한 자세를 한 채로 그대로 이쪽을 봤다. 그 모습은, 날카롭게 돌아본다기보다는 바람소리를 들으려는 듯 부드러움이 느껴지는 동작이었다. 여자는 되도록 무지건조하게, 어디선가 바람소리가 들려오는 척하며, 억지로 몸을 비틀 듯 어깨를 직각으로 틀었다."

여자는 종종걸음으로 그곳에서 벗어나지만, 구역질을 참지 못하고 길바닥에 토하고 맙니다. "그건 사람이 똥을 누는 광경을 목격했기 때문이 아니라, 인간을 동물로 잘못 본 그 몇 초가 자신에게 있어 실제 존재한 시간이라는 것이 역겨웠기 때문"입니다.

여자는 드디어 평정심을 되찾고, 자신의 일상으로 돌아가게 됩니다. 이렇게 소설은 끝이 나지만 이 소설을 다 읽고 저는, 러브호텔에서 텔레비전 뉴스도 보지 않았던 (그러나 분명 그 순간 살아 있었던) 그녀와 함께, 저 역시 그 2003년 3월의 5일간, 이라크에서 전쟁이 일어난 세계에 존재했었다는 감각을 느낄 수 있었습니다.

3

또 한 편의 중편소설은 〈내가 있는 여러 장소들〉입니다. 앞서 저는 우울한 기분이 계속 들던 차에 이 책을 읽기 시작했고 생각지도 못하게 매료되었다는 말을 했습니다. 그리고 이제는 시작부터 좋은 소설을, 그것도 새로운 작가의 좋은 작업을 제가 지켜본다는 마음으로, 가슴 설레며 읽어 내려가게 되었습니다. 그리고 두 번째 소설은 훌륭한 문장과 적확한 묘사력으로, 아무튼 정확한 것이 정확하게 쓰여 있어 유쾌하게 읽혔습니다. 그러다 문득 책의 페이지를 넘겨보니 남은 페이지는 20에서 30페이지! 이만한 분량으로 어떤 결말을 낼 수 있었을까, 하고 소위 '소설을 잘 모르는 아마추어가 품을 법한 독자로서의 초심'이 제 안에서 발동을 걸었습니다. 그런 불안감과 함께 다시 한 번, 아니 두 번 세 번 같은 말을 반복하게 됩니다만, 저는 정말이지 설레는 마음으로 마지막까지 소설을 감상할 수 있었습니다.

그리고 그렇게 읽으면서, 제 옆에서 저처럼 이 소설을 읽고 있는 젊은이가 있다면 이런 말을 해주고 싶어졌습니다. 이 순간 실제로 이미 이 상황 속에 있는 것같이, 소리 내어 말을 하지는 않지만 가슴속에서는 말을 하고 있는 것처럼 느꼈습니다. 애초에 이 작가가 글을 써내려가는 방식에는, 읽는 사람의 마음도 움직이게 하는 구어체적인, 일종의 적극성을 띠게 만드는 힘이 있었던 것입니다. 아니면 그것을, 이 작가가 가진 연극인으로서의 특성이라고 해야 할 것 같기도 합니다.

이 소설의 화자는 (이 작품에서도 블로그 글을 삽입하기도 하고, 화자의 상상이 만들어낸 장소에 글쓴이가 "삐져"나오는 것 같은 묘사를 자연스럽게 이어 붙이기도 하는 등, 그야말로 새로운 글쓰기를 선보이는데, 편의상 기존의 "소설 속 화자"로서 칭하겠습니다) '나'라는 이야기의 주체가 됩니다. 그녀는 이제 곧 서른 살이 되는 여자로, "습기로 가득 찬 곰팡이 냄새 나는" 아파트에서 이불 덮인 "시트"의 촉감에 늘 집착하며, 어느 날 아르바이트에 가지 않겠다고 결심하고, 자기 생활을 둘러싼 것들 그리고 그 속으로 뛰어 들어온 "블로그" 등을 상대로 말들을 엮어내려 갑니다……. 단적으로 말하면, 그렇게 "집에 드러누워 있는" 여자인 거죠.

소설은 풍성하게 전개되고 막힘없이 전개되는데, 여기서 '나'는, 쓸데없는 것이라고 의식할 겨를이 없을 만큼 쓸데없는 것만 입에 담는 것처럼 보이지만, 사실 엄밀히 말하면 의식이 잡아내는 것을 선택해 말하는 사람입니다. 저는 서른 살 정도 되는, 지금 현재를 살고 있는 일본인 여성의 지적인 내면 혹은 인격이라고 해야 할 것을 다룬 최초의 소설을 읽은 기분이 듭니다. 제가 이 소설을 번역해서 전 세계에 퍼뜨리고 싶다는 생각이 든 이유이기도 합니다(그런 생각이 들기도 전에 저는 이미 이 책의 유혹에 넘어갔습니다)!

이 소설의 집필 방식에 대한 특성을 들자면(그 빼어난 지성은), 별것도 아닌 일상의 여러 면모를 말하는 것처럼 보이면서 그 안에서 잡아내는 대상 하나하나를 강렬하게 상징화시키며 반복한다는 점입니다. "습기로 가득 찬 곰팡이 냄새 나는, 시트, 블로그"

등등······.

이 소설가가 이처럼 일상적인 것 하나하나를 특별히 선택하고, 거기에 적확한 그러면서도 이 이야기 속 여자만이 가진 체취 같은 것(상당히 품격 있는 것입니다만)을 부여해 표현해냈다는, 그 사실을 즐겨주셨으면 좋겠습니다. 여기서 살짝 급한 마음으로 페이지를 넘겨, 제가 앞서 불안감을 느낀 소설의 결말이 용케 클리어되는 부분을 말씀드리고 싶습니다. 그 직전의 또 하나 실로 완벽한 장면, 즉 '여자=아내'가 '현재' 눅눅한 이불 시트 위에 드러누워 있는 장소와는 또다른 (다시 말해 그녀가 실존해 있을 수 있는 여러 장소 중 다른 장소의) 장면에 대한 언급은 잠시 나중으로 미루겠습니다.

여자는 아파트의 "습기"를 거론하며, 이사에 대한 막연한 생각과 거기에 필요한 돈을 위해 조금 더 아르바이트를 해야 한다는 것을 이야기하며 남편과 말다툼을 벌입니다. 그리고 양쪽이 다 상처 입고 나서, 어쨌든 남편이 새로운 아르바이트를 찾은 지 9일째 되는 날, 남편이 일하러 나간 뒤 집에서 아내는 혼자 잠에서 깨어 이불 위에 누워 있다는······ 그리고 계속 이야기를 한다는 것이 이 소설의 결말입니다. 아내가 방에서 나와 바퀴벌레를 죽이려고 하는 장면이 나옵니다. 그녀는 방바닥에 떨어져 있던 무가지, 그것도 "하도 말아서 끝이 둥글게 말려버린" 것을 다시 말아서, 그걸 손에 쥐고 바퀴벌레에 맞섭니다. 여기까지 전개되는 동안 그 "하도 말아

오에 겐자부로상 심사평

서 끝이 둥글게 말려버린" 무가지라는 "상징"이 어쩌나 자연스럽고 주도면밀하게 독자의 의식 속(그중에서도 그다지 눈에 띄지 않는 곳)으로 스며드는지······ 제가 진심으로 이 소설가가 보통 솜씨가 아니라고 말하는 이유를 아시게 될 것입니다. 그리고 이 소설은 정말이지 깔끔하게 끝나죠······.

저는 이 두 번째 소설을 읽는 동안, 일종의 '슬픈' 감정이 아물아물, 그러면서도 모른 척 지나칠 수 없을 방식으로 제 마음속에 일고 있다는 것을 느꼈습니다. '슬픔'? 그거야말로 오늘날의 웹소설에서 상투적으로 등장하는 것이 아니냐고 생각하시는 분이 계실지 모르겠습니다. 하지만 이것과 그것은 (이런 식으로 비교하는 것이 비참한 기분이 들 정도로) 서로 다른 두 종류의 '슬픔'입니다. 굳이 덧붙이면 저는 시간이 나면 책을 읽는 삶을 살아온 사람으로서 요 몇 년 간 이만큼 양질의 '슬픔'을 새로운 소설에서 느껴본 적이 없습니다. 저는 이런, 약간 노년의 고집을 더해 강조하고 싶은 마음에 이 글을 쓰고 있습니다.

이 소설의 후반부, 즉 그 습한 방바닥에 누워 있는 '나'와 '남편' 사이에 있던 심리적인 '갈등'이 점차 현존화되고 고조되어가면서 발생한 충돌이 '나'로 인해 회상됩니다. 그 미묘한 양상의 '주름'들 중 하나가 이것입니다.

"나는 언젠가 한 번 남편에게, 도대체 우리 왜 이렇게 칙칙하고 햇빛도 하나 안 들어오고 곰팡이 냄새 나는 좁은 데에서 평생을 살아야 되는 거냐고, 말한 적이 있었다. 그때 남편은, 그럼 이사 가는 게 좋겠냐고, 그럼 그렇게 할 거냐고, 나한테 말했다.

그 말에 나는 말로 대답하지 않았다. 대신 그때 나는 앉아 있던 자세 그대로, 마주하고 있던 남편을 향해, 가지런히 접어두 었던 두 다리를 내던질 기세로 쭉 뻗은 뒤, 온몸으로 쿵쿵거리며 몇 차례 엉덩이로 도약해 남편에게 다가가며, 마침 그때를 위해 뻗어두었던 양쪽 다리를 교대로, 수차례 남편을 걷어찼다."

"나는 남편을 발로 차고 난 직후 남편한테 당해서 꼼짝 못하 게 되었을 때, 이건 추측이지만, 왜 이런 냄새가 나는 건지 나도 모 를 만큼 이상한, 오물이 되기 전에 장에서 나는 냄새? 거의 그런 것 같은, 쉰 음식에서 나는 냄새를, 몸에서 분비하고 있었던 것 같 다. 하지만 정말로 그런 냄새가 나한테서 났다고는 아무리 생각해 도 믿기 어려웠고, 어쩌면 그게 현실에서 실제 일어난 일이라고 해 도 자기 냄새는 자기한테는 가장 먼 곳의 일처럼, 조금만 느껴지는 경향이 있을 테니, 그냥 기분 탓일지도 모르겠다고 생각했었다. 남 편한테 물어볼 수도 없기 때문에, 이 문제에 대해서는 더는 확인할 방법이 없다. 만약에 기분 탓이라 쳐도, 왜 그런 냄새가 난 것 같은 느낌이 들었던 걸까? 난 그때 눈물도 콧물로 흘리고 있었다."

여기서 '나'가 이불 위에서 한 생각은, 블로그나 휴대전화 등 을 통해서 상상력을 발휘한, 그것도 구체적이고 다양하게 발휘한 전개를 보이는데, 결국 하나의 '나'로부터 발신된 메일이, 두 개의 아르바이트 중 짬 시간에 패스트푸드 가게에서 선잠을 자고 있는 '남편'에게 도달하게 됩니다.

"남편은 트레이 위에 있는 휴대전화를 집어 들고, 실제로 시각을 확인했다. 그리고 남편은, 안녕, 고생하네, 괜찮아? 너무 무리하지 마, 하고 쓴 내 문자를 읽었다. 남편은 감정이 복받쳤다기보다는, 반사적인 느낌으로 시원하게 눈물을 흘렸다. 따스한 마음이 있는 탓이기도 했지만, 그 눈물은 남편의 것이었다기보다는, 마치 다른 어딘가에서 억지로 쥐어짜온 것을 남편 몸을 통해서 내보내는 것만 같았다. 우는 시간은 매우 짧았다. 남편은 이때까지는 자기 전의 자신과 잠에서 깬 지금의 자신이 연속된 존재라고 인지할 수 있다는 신기한 감정에 사로잡혀 있을 정도로, 아직 멍한 상태였다.

남편은 한참을 부자연스러운 자세로 엎드려 있었기 때문에, 삐걱거리는 목을 뒤로 쭉 뻗었다.

나는 아직 등을 깔고 누워, 지금은 턱을 천장 쪽으로 향하고 있었다."

이 소설이 더욱더 독특한 점은, '남편'이 있는 식당에서 그 옆자리에 앉아 '남편'의 모습을 보며 휴대폰 문자를 쓰고 있던 여자가, 실은 몇 년 전의 '나' 자신이라는 데에 있습니다! 그녀는 그곳을 나오기 전 휴대전화로 써두기만 했던 문자를 삭제해버립니다.

"거기에 쓰여 있는 긴 말들이 무슨 내용인지 나는 그 글자까지 읽을 수는 없었다. 하지만 어떤 글이 쓰여 있는지는 알고 있는데, 거기에는 내가 남편에게 아까 보낸 짧고 인정머리 없는 문자가 더 잘, 그리고 길게 쓰여 있고, 내가 남편에게 해주고 싶은 위로의 마음과 애정이, 내 몸의 늘어짐을 비롯한 온갖 장애에 저지당하는 일 없이, 편지라는 형태로 완벽하게 반영된, 임시보관함 속 문자가 적혀 있었다."

저는 이 대목을 베껴 적으며, 물론 이 글에 나오는 IT기계의 통신수단이나 아내, 그 남편의 다소 어정쩡한 직업 등을 설명하는 데에 꽤나 긴 시간이 걸리겠지만, 이를 모두 감안하고 나의 그리운 나카노 시게하루中野重治 씨에게 위의 인용 부분을 들려주었더라면, 그는 분명 "이 글 좋은데, 오에 군, 나 젊을 때랑 통하는 게 아주 많은 것 같아!" 하고 소감을 말해주지 않을까 싶어졌습니다. '나'는 이제 바퀴벌레 퇴치를 위해 일어납니다. 그 손에 들린 둥글게 만 무가지는, 그 전에 '남편'이 발포주를 마시면서 새 아르바이트를 찾느라 보던 것이었습니다.

4

이 두 편의 중편소설을 담은 한 권의 책《우리에게 허락된 특별한 시간의 끝》은, 이와 같이 자유롭게 상상력을 펼치며, '과거의 나'를 현재 다른 장소에 세워두어, 다양한 '내가 있는 여러 장소들', '우리에게 허락된 특별한 장소'들을 '꼬아 놓은' 것이겠지요. 그런

오에 겐자부로상 심사평

시간과 장소에도 또 끝이 있다는 것을, 소설가는 명확하게 표현해냈다고 생각합니다. 그리고 이것이 외국어로 번역된 것을 읽을, 세계 여러 나라의 독자들은, 이 시간과 장소의 총체가 2003년의 (우리의 장소와 바로 맞닿아 있는) 시부야, 신주쿠 근처 어딘가에 있다는 것을, 너무나도 선명한 리얼리티로서 느끼실 수 있겠죠. 저는 그렇게 믿습니다.

저는 지금 '오에 겐자부로상'의 제2회 수상작으로 최상의 선택을 했습니다(물론, 아직 저에게는 어떤 정보도 없어, 연극 집단의 대표인 것 같은 작가에게 연락을 해 이 상을 받아줄지 안 받아줄지를 묻는 일은 이제부터 실무 담당자가 해야 할 일로 남겨두었습니다). 저는 아무래도 저에게 있어 '만년晚年 스타일'의 끝을 장식할 소설이 될 것 같은, 그러면서도 오랫동안 뜬구름만 잡는 것 같았던 제 구상에 힌트 하나가 떠오른 것 같습니다. 그건 소설가로서의 제가 '우리에게 허락된 특별한 시간과 장소의 끝'을 확정지으려고 안달할 때에서야 비로소 얻게 된 것입니다. 이처럼 저 자신의 작업을 마주하는 데에 있어, 한 권의 소설집을 읽으며 가슴 설레도록 노동의욕을 불태우는 일은 좀처럼 없는 일입니다. 아직 만나뵌 적 없는 작가에게 감사의 말씀을 드리고 싶습니다. 저는 그의 신작이 공연되는 극장에 가보려고 합니다.

오에 겐자부로

오카다 도시키와의 대화

\

한국에서 첫 소설집이 출간됩니다. 연극작품이 아닌 소설로 한국 독자들을 만나게 되었는데, 어떤 기분일지 궁금합니다.

한국어 번역본을 출판한다는 것은, 이 소설을 한국어로 읽으실 독자 여러분을 향한 게이트가 개통되었다는 것을 의미합니다. 그렇지 않고서는 존재할 수 없었던 만남의 가능성을 만들어 주신 것입니다. 굉장히 기쁘게 생각합니다. 그리고 감사드립니다. 소설이 독자님들께 어떤 식으로 다가갈지, 작가로서는 짐작이 가질 않습니다. 그렇지만 저는 서울에 갈 때마다, 일종의 억압감 혹은 무언가 막혀 있는 느낌이 있는 것 같다고, 그리고 그 느낌은 일본 사회가 가진 것과 굉장히 비슷하다고 생각했습니다. 그 억압감, 무언가 막혀 있는 느낌은 이 소설과 한국 독자들과의 관계를 친밀하게 만들어줄지도 모르겠다고, 상상해봅니다.

소설과 희곡에 흥미를 갖게 된 계기가 궁금합니다. 또 창작의 원동력, 영감이나 발상을 하나의 작품으로 완성시켜 세상에 선보이기까지 자신만의 특별한 방법이 있다면 말해줄 수 있을까요?

어렸을 때부터 책을 읽는 것, 무언가를 쓰는 것을 좋아했습니다. 그렇기 때문에 소설에 대한 관심은 지극히 자연스럽게 갖게 되었던 것 같습니다. 고등학생 때에는 소설가 되면 좋겠다고도 생각했었습니다. 한편, 연극에는 거의 관심이 없었습니다. 대학에 들어가서 어쩌다보니 시작하게 된 것이었죠. 글 쓰는 것을 좋아했기 때문에, 당연히 제가 연극에서 하고 싶었던 분야는 희곡을 쓰는 것이었습니다.

구상의 출발점이 되는 것은, 아무래도 현실 속 체험이었던 것이 대부분입니다. 아주 구체적인 사건인 경우도 있지만, 어렴풋이 뿌옇게 드리워진 인상, 시대의 분위기 같은 것을 소설이라는 형식으로 잡아내고 싶다고 생각한 적도 있습니다.

창작할 때, 어떤 근사한 영감이 갑자기 뚝 떨어지는 일은 거의 없습니다. 특히 소설을 쓸 때는, 계속해서 문장을 매만집니다. 아무리 만져도 전혀 앞으로 나아갈 기미가 보이지 않아 짜증이 난 적도 많이 있지만, 그래도 계속 만지고 있다보면, 그게 어느 순간 끙

장히 좋은 문장이 됩니다. 뿐만 아니라, 앞으로 어떻게 전개시키면 될지도 깨닫게 됩니다. 기본적으로는 이러한 과정의 반복입니다.

〈삼월의 5일간〉과 〈내가 있는 여러 장소들〉은 여러 화자의 시점에서, 그들의 말과 행동을 중심으로 이야기가 진행됩니다. 마치 연극 무대를 연상시키기도 하는데, 연극적 효과를 염두에 둔 것인가요?

오히려 연극에서는 할 수 없는 것을 신이 나서 맘껏 했습니다. 연극에서는 배우의 신체나 누군가의 시점에서 나온 언어라는 인식에서 벗어나기가 어렵습니다. 그렇지만 소설에서는 자유롭게 벗어날 수 있지요. 그런 자유를 모처럼 소설을 쓰는 동안만큼은 만끽하자고 마음먹고 즐겼습니다.

〈삼월의 5일간〉은 연극버전도 있는 것으로 압니다. 희곡과 소설의 차이, 희곡이 소설이 되면서, 소설이 희곡이 되면서 변한 것이 있을까요?

연극 버전의 초연을 올리고 난 직후, 이것을 소설로 쓰고 싶다는 매우 강한 충동을 느꼈습니다. 거기에 이끌려 소설을 썼습니다. 왜 그랬는지는 저도 잘 모르겠습니다.

두 버전의 차이점은, 예를 들어, 소설 버전에서는 롯폰기 라이

오카다 도시키와의 대화

브하우스에서 있었던 행사가 연극으로 설정이 되어 있는데요, 연극 버전에서는 콘서트로 되어 있습니다. 제가 현실에서 체험한 것은, 연극입니다. 그러니까 소설 버전이 더 실제 체험에 가깝죠. 제가 실제로 봤던 그날의 연극을 소설에서는 꽤 충실하게 묘사했습니다. 단, 저는 그날 라이브하우스를 나와 러브호텔로는 가지 않고, 집으로 갔습니다. 현실 속의 저한테는 일어나지 않은 일, 그것과는 다른 가능성을 상상하면서 이 스토리를 만들었다는 측면이 〈삼월의 5일간〉에 담겨 있습니다.

〈우리에게 허락된 특별한 시간의 끝〉에 실린 두 작품 모두, 젊은 남녀의 이야기입니다. 그들의 현재와 미래가 희망 차고 밝게 보이지는 않지만, 슬프고 암울하게만 보이는 것도 아닙니다. 한편으로는 깊은 애정과 애틋함이 묻어나는데, '젊은이'로서 현대를 살아간다는 것에 대한 견해를 묻고 싶습니다.

이 소설을 썼을 당시에는 저도 아직 젊은이였습니다. 서른 살은 넘었기 때문에, 젊은이라고는 할 수 없을지도 모르겠지만, 저 스스로 난 젊은이라고 지극히 자연스럽게 그렇게 느꼈던 것은 분명합니다. 그러니까 소설 속에서 그들이 느끼는 체념이나 불안, 희망, 그런 것들이 드러났다면, 그리고 그들에 대한 애정 같은 것이 묻어났다면, 그것은 그들을 객관적인 시선으로 바라봤기 때문이 아니라, 쉽게 말하면, 그들을 나 자신이라고 생각하고 썼기 때문이 아닐까 싶습니다.

독서하는 동안 처음에는 '파격적'이고 '새롭다'는 느낌이 들었지만, 점점 묘한 공감을 느꼈습니다. 그리고 두 작품 모두에 전쟁이나 일본 현대사회의 여러 단면들이 눈에 띄지 않으면서, 동시에 너무나 선명하게 담겨 있다는 점도 인상적이었습니다. 소설이 집필된 지 10년이 지났는데, 작가 오카다 도시키가 세상과, 또는 독자와 소통하는 방식에 변화가 생겼을지 궁금합니다. 특히, 3.11 동일본대지진 이후, 2013년에 연극 〈현위치〉를 한국에서 공연하면서 작풍을 바꾸었다는 언급도 했는데, 소설을 썼던 10년 전과 지금, 작가로서 어떤 차이가 있나요?

이 질문에 답변하는 것은 굉장히 어려운 일입니다. 왜냐하면, 소설을 썼던 당시와 지금은 너무나도 다르기 때문입니다. 사회가 돌아가는 모습, 그리고 그 사회를 감싸고 있는 공기도 달라졌지만, 저 자신 그리고 생활방식도 많이 바뀌었습니다. 무엇보다 그런 변화와 함께, 저와 일본 사회와의 관계도, 그리고 제가 일본 사회를 바라보는 방식도, 아주 많이 달라졌습니다. 그래서 그 당시와는 굉장히 이질적인 지금의 나, 이 상태로 새로운 소설을 써야겠다는 마음이 강하게 듭니다. 단, 연극 작업으로 너무 바빠서 좀처럼 글쓰

오카다 도시키와의 대화

기에 착수할 수 없는 것이 현실이지요.

질문의 연장선이라고 해도 좋을 것 같은데, '일상의 해체', '언어와 몸짓의 독특한 리듬감'으로 인해 혁신적이고 새롭다는 이미지가 강합니다. 다른 이들이 보는 오카다 도시키와 자신은 어떤 차이가 있을까요.

저 스스로가 쓴 문장, 묘사를 보고 '이것이야말로 현실을 정확하게 담아낸 것'이라는 생각이 들 때까지 만들어내는 것이, 저에게는 굉장히 중요한 일이고, 또 그것이 제가 소설을 쓰면서, '이 글은 오케이다'라고 판정하는 기준입니다. 그 기준을 충족시킨 결과, 일반적인 소설이나 문장과 비교했을 때 '이상한 문장', '혁신적인 것'으로 비춰지는 것일지도 모르겠습니다. 다시 말해, 혁신적인 것을 해야지, 하고 마음먹고 제가 글을 쓰는 것은 절대 아니고, 저 스스로에게 잘 맞는 것을 해나가야겠다는 마음으로 쓰고 있습니다.

영향을 받은 작가 혹은 아티스트가 있는지, 현재 가장 주목하고 있는(혹은 묘하게 신경쓰이는) 작가가 있다면 누구인지 말해줄 수 있을까요? 혹시 지금 교류하고 있는 동시대 아티스트가 있는지요.

많습니다. 예를 들어 이탈리아 작가 체사레 파베세Cesare

Pavese를 굉장히 좋아합니다. 담담하게 써내려간 문장이 아주 절실하고 시적이어서 동경하는 작가인데요, 제가 그렇게 쓸 수 있을 거라는 생각은 절대 들지 않더군요.

현대미술을 하는 아티스트 기슬기 씨와 작년에 서로 알게 되었습니다. 도쿄에서 개최된 전시회에 간 적이 있는데, 기슬기 씨는 참여 작가 중 한 명이었습니다. 저는 아무런 정보 없이 갔다가, 그녀의 작품이 있던 방에서 난생 처음으로 해보는 것 같은 어떤 체험을 할 수 있었습니다. 그후에 기슬기 씨는 제 연극을 보러 와주었고요. 현재 같이 뭔가 할 수 있으면 좋겠다는 이야기를 나누고 있는 중입니다.

주로 어떤 환경에서 작업하는 것을 선호하는지요. 또 재충전이 필요할 때 어떻게 시간을 보내는지 궁금합니다.

저에게는 딱히 정해진 작업실이 없습니다. 연극 작업은 일본 국내, 해외 여기저기를 도는 일이 많기 때문에, 이동이 끊이지 않는 삶을 살고 있습니다. 그래서 머무는 도시에서 마음에 드는 커피숍을 찾으면, 그곳에서 일을 합니다. 정해진 공간이 있었으면 좋겠다고 생각한 적도 있지만, 이런 생활을 하면서 작업실을 바랄 수는 없겠죠.

스포츠는 싫어합니다. 전혀 보지 않습니다. 가끔 수영장에서 수영하는 것은 좋아합니다. 하루 종일 집필에 몰두해 머릿속에 연기가 꽉 찬 것 같을 때, 수영을 하면 다시 말끔해져 한두 시간 글을 쓰자는 마음이 생기기도 합니다.

음악은 일할 때나 장시간 이동 중에 자주 듣습니다. 최근 몇 달간은 오테커Autechre라는 전자음악그룹의 〈elseq〉라는 다섯 장짜리 앨범을 자주 듣고 있습니다.

오에 겐자부로 씨는 심사평에서 만년의 글쓰기에 대한 힌트를 얻은 것 같다고 극찬했습니다. 작가님 또한 언젠가 그런 기분 좋은 만남을 경험하게 될지도 모르는데요, 지금 열심히 글을 쓰는 습작생들, 미래의 문학을 이끌어갈 다음 세대에 해주고 싶은 말이 있을까요?

글을 씀으로써, 이전에 자신이 갖고 있던 그 묘사에 대한 비전보다도 더 멀고, 더 깊고, 더 복잡한 곳에 닿을 수 있었을 때의 쾌감, 만족감을, 저는 글을 쓰기 위한 가장 최우선의 원동력으로 하고 있습니다. 그리고 그런 쾌감과 만족감을 글쓴이에게 부여해준 글은, 다른 사람도 읽을 가치가 있는 글이라고, 저는 생각합니다.

한국에는 《우리에게 허락된 특별한 시간의 끝》을 통해 처음 작가

를 접하게 되는 독자도 있고, 지금까지 소개된 여러 공연을 보며 작가의 신작을 기다려온 팬들도 있습니다. 한국의 독자들에게 하고 싶은 말이 있다면? 앞으로의 계획 또한 궁금합니다.

제 소설이 한국어로 읽힐 수 있는 길이 생겼습니다. 이렇게 기쁜 일은 또 없을 것입니다. 제 연극을 보러 와주셨던 분도 계실 것 같습니다. 실은 저는 소설도 쓰는 사람입니다. 소설도 함께 훑어봐 주신다면 정말 기쁠 것 같습니다.

연극 작업을 하느라, 소설을 좀처럼 못 쓰고 있지만 쓰고 싶은 것은 많이 있습니다. 그것들을 소설이라는 형식으로 만들어내야 한다고 마음먹고 있습니다. 되도록 빠른 시일 안에, 해내고 싶습니다.

오카다 도시키와의 대화

옮긴이의 글

\

오카다 언어를 옮기다

일본의 동시대연극을 아우른 책《연극최강론演劇最強論》의 저자 중 한 명인 후지와라 치카라는, 현대연극의 흐름을 바꾼 터닝포인트로 연극 〈삼월의 5일간〉을 들었다. 〈삼월의 5일간〉은 2004년 도쿄에서 초연되며 극작가 오카다 도시키에게 기시다 희곡상을 안겨준 작품이다. 그는 2005년에 이 희곡을 소설의 형식으로 새롭게 각색해 문예지《신쵸新潮》에 발표했고, 이듬해 같은 잡지에 게재한 소설 〈내가 있는 여러 장소들〉과 함께 2007년《우리에게 허락된 특별한 시간의 끝》이란 제목으로 단행본을 출판했다. 그리고 이 두 편의 중편소설을 담은 소설집은 제2회 오에 겐자부로상을 수상하였다. 오카다의 연극활동은 그가 극단 첼피츄를 결성한 1997년부터 본격적으로 시작되었지만, 아시아, 유럽, 북미의 평단과 관객들의 지지를 받으며 소설 작업까지 병행하게 된 것은 〈삼월의 5일간〉부터였으니, 적어도 그에게 있어서 이 작품이 인생의 터닝포인트임은 분명한 셈이다.

그렇다면 후지와라가 일본연극사를 훑으며 "〈삼월의 5일간〉으로부터 시작된 혁명사"라고까지 언급한 이유는 무엇일까? 거기에는 여러 가지 원인들이 있지만, 가장 핵심이 되는 것은 바로 '오카다식 언어'이다. 소위 "문법을 탈피한 유아적 텍스트", "과장된 구어체"로 소개되는 그의 언어는 희곡뿐 아니라 소설에서도 유감없이 발휘되었다. 언제 끝날지 모르는 구시렁거리는 말투, 뒤죽박죽인 어순, 문법적 오류 등 정돈되지 않은 말이 그대로 나열되는 식이다. 이러한 표현방식은 그가 작품에 담아내고자 했던 내용과 미묘하게 어긋나며 빛을 발했다. 그 어긋남은 치밀하게 계산된 것이었다.

〈삼월의 5일간〉은 이라크 전쟁이 발발하던 때 도쿄 시부야의 어느 러브호텔에 닷새 동안 틀어박혀 지낸 두 남녀의 이야기를 중심으로 하고 있다. 전쟁과 같은 '거대한 이야기'를 하는 데 있어 의도적으로 지극히 일상적인 에피소드를 무대에 올리는 일 자체는, 사실 전혀 새로운 것은 아니다. 1970~80년대 프랑스 극작가들이 제창했던 일상극Le théâtre du quotidien, 1980년대부터 등장한 일본의 극작가 히라타 오리자, 이와마쓰 료 등으로 대표되는 현대구어연극(흔히 '조용한 연극'이라 불리는 양식)은 미시적 관점으로 세계를 인식함과 동시에, 자국의 일상언어와 커뮤니케이션 방식을 세세하게 파고들어 무대 위의 '일상'과 '리얼리티'의 정의를 새로 썼다. 오카다 도시키는 그다음 세대의 작가로서, 선배 세대들의 구어口語 연구를 뛰어넘는 '초超구어'를 개발해냈고, 이것을 소설이라는 문학의 영역에까지 도입시킨 것이었다.

오카다 언어의 특징은 문체에만 있는 것이 아니다. 그의 작품에서는 희곡에서도, 소설에서도, 곧잘 화자가 느닷없이 바뀌며, 태연하게 한 사람이 서로 다른 인물 및 이야기의 주체가 된다. 이와 같은 파격적인 실험에 대해 후지와라는 "누구라도 대체가능한 인생" 즉, '아르바이트로 연명하는 삶'에 익숙한 작가의 비슷한 세대들에게 큰 공감대를 불러일으킨 요소라고 지적하고 있다. 실제로 '파트타이머'는 소설 〈내가 있는 여러 장소들〉만이 아니라, 그의 다른 희곡 작품들에 빈번하게 등장하는 캐릭터이기도 하다.

그동안 오카다의 연극 대표작 〈삼월의 5일간〉, 〈핫페퍼, 에어컨 그리고 고별사〉, 〈현위치〉, 〈지면과 바닥〉이 국내에 초청공연되는 동안, 오카다의 언어는 주로 '신체언어'로서 주목받았다. 의식보다는 무의식에 가까운 언어를 뱉어내는 무대 위 신체들은, 어디서도 본 적 없는 나른함과 독특한 반복의 패턴을 만들었기 때문이다. 동시대 연극인들과 더불어, 무용계, 미술계가 그에게 흥미를 가진 이유이기도 하다. 위의 네 공연에서 자막으로 전달되는 그의 언어는 상대적으로 정갈하게 처리되었던 데에 반해, 2015년 광주 아시아예술극장 개관기념공연으로 초연되었던 〈야구에 축복을〉(참

옮긴이의 글

고로, 광주 공연에서만 한국어 제목을 사용했고, 이후 일본, 미국, 독일, 호주, 대만 공연에서는 〈God Bless Baseball〉로 소개되었다)은 그의 첫 한일 공동창작 프로젝트로, 일본 배우 두 명과 한국 배우 두 명이 함께 출연해 그의 언어가 두 나라 배우의 입으로 발화되는 첫 작품이었다. 이 연극 역시, 한미일관계라는 정치적 테마를 다루면서도, 야구를 모르는 두 여자와 이치로를 흉내내는 한 남자, 그리고 어렸을 때부터 야구를 싫어하게 된 한 남자의 '작은 이야기'들을 열거했다. 극중에서는 실제 배우의 국적과 극중 배역의 국적이 뒤바뀌고, 이야기의 주체가 사람 배우에서 무대 위의 사물, 즉 무대미술로 옮겨가기도 했다. 지금까지 오카다의 희곡을 번역극으로 공연한 단체는 주로 미국 극단들이었기 때문에, 그는 일본어와 가장 비슷한 한국어로 번역되는 이 작업에 신선함을 느끼며 심혈을 기울였다. 사흘에 걸친 오디션을 통해 한국 배우를 선발했고, 한일 양국을 오가며 실시한 리서치와 서울, 기노사키, 요코하마, 광주 총 4개 도시에서 연습을 진행하며 준비기간만 1년이 넘었다. 연습기간 중 매일매일 수정되고 추가되는 대본들은, 원작의 뉘앙스를 생생하게 보존하면서도 한국 배우들 각자의 입에 맞도록 번역되어갔다. 그의 연습은 늘 특이한 워밍업으로 시작을 했는데, 그것은 배우들이 둥글게 앉아 한 사람씩 아무 이야기나 하는 것이었다. 한 사람이 이야기를 마치면, 옆 사람이 마치 그 사람이 된 것처럼 방금 들은 이야기를 똑같이 한다. 내용은 비슷하지만, 어쩔 수 없이 말투나 몸의 움직임은 달라진다. 관찰하고, 관찰당하고, 배우들에게도 워밍업이 되었겠지만, 작가와 번역자에게도 더할 나위 없는 참고자료가 되었다.

개인적으로 그의 작업에 처음 참여했던 〈현위치〉를 통해 연출가로서의 오카다 도시키를 지켜봤다면, 그후 〈야구에 축복을〉과 〈오카다 도시키 단편소설전: 여배우의 혼, 여배우의 혼 속편〉을 준비하면서는 작가 오카다 도시키에게 집중할 수 있었다. 결과적으로 그러한 과정을 거쳐 그의 소설집을 번역하게 되어 행운이고 또 영광이라고 생각한다. 섬세함과 대범함이 동시에 필요했던 이번 번역 작업에 아낌없이 조언을 해주신 알마 출판사 편집부에 감사의 말씀을 전한다. 독자 여러분들께 이 두 편의 소설이 유쾌한 체험으로 다가갈 수 있기를 마음 깊이 바라고 있다.

2016년 이홍이

지은이 **오카다 도시키**岡田利規

　　1973년 요코하마 출생. 게이오 대학교 상학부를 졸업한 후 소설가이자 극작가, 연출가를 겸하는 예술가의 길을 걷고 있다. 2007년 출간한 첫 소설집 《우리에게 허락된 특별한 시간의 끝》이 "'의지의 행위로서의 낙관주의'를 문학의 범주에서 실감시켰다"는 극찬을 받으며 제2회 오에 겐자부로상을 수상하였고, 이후 각 문예지를 통해 단편소설들을 발표하고 있다. 2013년에는 첫 연극이론서 《소행逍行: 변형해가는 연극론》을 출간했다. 1997년에 '셀피쉬selfish'를 어린아이가 발음한 듯한 이름의 '첼피츄chelfitsch'를 창단했다. 2004년 연극 〈삼월의 5일간〉을 발표, 일본 최고 권위의 희곡상인 기시다 구니오상을 수상했으며, 2012년부터 동 희곡상의 심사위원을 맡고 있다. 그 외에도 2005년 요코하마 문화상·문화예술장려상을, 2007년에는 가나가와 문화/스포츠상의 문화/미래상을 수상하였고, 2006년에는 독일 뮐하임 극작가 페스티벌에 일본극작가 대표로 참가했다. 그의 연극은 혁신적이고 새로운 문법으로 일본 연극계에 신선한 충격을 안겼을 뿐만 아니라, 성공적으로 유럽 무대에 진출해 '현대의 베케트'라는 극찬을 받았다. 언제 끝날지 알 수 없는 구시렁거리는 듯한 말투와 힘 빠진 신체가 만들어내는 독특한 리듬은 오늘날 도쿄 젊은이들의 상징으로 받아들여지며, 오카다 연극의 중요한 특징으로 평가받고 있다. 이러한 그만의 극작술은 후배 극작가들에게 막대한 영향을 미쳤으며 경계를 넘어 무용계와 시각예술, 문학 분야에서도 뜨거운 주목을 받고 있다.

　　그의 연극은 일본뿐 아니라 독일, 벨기에, 한국 등 세계 각국에서 제작되어 끊임없이 초연 및 재공연되고 있다. 지금까지 국내에 소개된 오카다 도시키 작/연출 작품으로는 〈삼월의 5일간〉, 〈핫 페퍼, 에어컨, 그리고 고별사〉, 〈현위치〉, 〈지면과 바닥〉, 〈God Bless Baseball〉 등이 있으며, 이중 〈God Bless Baseball〉은 오카다 도시키의 첫 한일 공동제작 프로젝트로, 2015년 광주 아시아 예술극장 개막 페스티벌에서 초연되었다. 또, 잡지 《미술수첩美術手帖》에 게재된 〈여배우의 혼〉(2012년)과 미발표 소설 〈여배우의 혼 속편〉을 한 작품으로 묶은 〈오카다 도시키 단편소설전: 여배우의 혼, 여배우의 혼 속편〉이 한국 연출가와 한국 배우에 의해 2016년 1월에 '연극실험실 혜화동1번지'에서 공연되었다.

옮긴이 **이홍이**

연세대학교에서 심리학과 불어불문학을 전공하였고, 서울대학교대학원 협동과정 공연예술학과에서 석사학위를 취득했다. 일본 오차노미즈여자대학 비교사회문화학전공 박사과정을 수료했으며, 현재 극단 디렉터그42에 소속되어 번역가로 활동 중이다. 대표작으로는 연극 〈오카다 도시키 단편소설전: 여배우의 혼, 여배우의 혼 속편〉, 〈살짝 넘어갔다가 얻어맞았다〉, 〈야구에 축복을〉, 〈히키코모리 밖으로 나왔어〉, 〈배수의 고도〉, 〈용의자 X의 헌신〉, 〈손〉, 〈소년B〉, 〈곁에 있어도 혼자〉, 〈자지 마〉, 〈데리러 와줘!〉, 영화 〈단식광대〉 외 다수가 있다.

그린이 **이상홍**

'그림을 만들기'를 공부하고
'놀자' 선생님께 드로잉을 배우고
'두비춤'에서 연극을 하며 살고 있습니다.
'서울 드로잉 클럽' 관계자이며
'홍살롱'을 운영하고 있습니다.
'드로잉'과 '드으로잉'과 '드로오이잉' 사이를 헤매다닙니다.

우리에게 허락된 특별한 시간의 끝

1판 1쇄 찍음 2016년 8월 12일
1판 1쇄 펴냄 2016년 8월 22일

지은이 오카다 도시키
옮긴이 이홍이
그린이 이상홍
펴낸이 정혜인 안지미
책임편집 이준환
디자인 안지미 + 한승연
제작처 공간

펴낸곳 알마 출판사
출판등록 2006년 6월 22일 제406-2006-000044호
주소 우. 03990 서울시 마포구 연남로 1길 8, 4~5층
전화 02.324.3800 판매 02.324.2845 편집
전송 02.324.1144

전자우편 alma@almabook.com
페이스북 /almabooks
트위터 @alma_books

ISBN 979-11-5992-027-1 03830

이 도서의 국립중앙도서관 출판시도서목록CIP은 서지정보유통지원시스템 홈페이지
http://seoji.nl.go.kr와 국가자료공동목록시스템 http://www.nl.go.kr/kolisnet에서
이용하실 수 있습니다. CIP제어번호: 2016019489

알마는 아이쿱생협과 더불어 협동조합의 가치를 실천하는 출판사입니다.
살아 숨 쉬는 인문 교양을 중심으로 새로운 감각을 일깨우며 오늘의 사회를 읽는 책을 펴냅니다.

종이 표지_프리터 105g/㎡ 본문_ 그린라이트 100g/㎡